1판 1쇄 찍음 2013년 6월 18일
1판 1쇄 펴냄 2013년 6월 21일

지은이 | 이정규
펴낸이 | 정 필
펴낸곳 | 도서출판 뿔미디어

편집장 | 이재권
기획 · 편집 | 심재영
편집디자인 | 이진선
관리, 영업 | 김기환, 임순옥

출판등록 | 2002년 9월 11일 (제081-1-132호)
주소 | 부천시 원미구 상3동 533-3 아트프라자 503호 (우)420-861
전화 | 032)651-6513 / 팩스 032)651-6094
E-mail | bbulmedia@hanmail.net

값 8,000원

ISBN 978-89-6775-358-0 04810
ISBN 978-89-6775-187-6 04810 (세트)

Dragon Rider

이정규 판타지 장편 소설

드래곤
라이더

〈완결〉

5

타락한 왕자의 최후

목 차

1. 결사대

피오란 공주는 걸음을 조금 느리게 걸어 뒤따라오는 엘바트론의 옆으로 갔다.

엘바트론의 옆으로 온 피오란 공주는 그를 쳐다봤지만 엘바트론은 말없이 걸을 뿐이었다.

뭐, 덕분에 피오란 공주는 엘바트론의 얼굴을 자세히 들여다볼 수 있었지만 말이다.

'날 쫓아다니던 그 얼간이 같은 남자가 맞나?'

공주는 이 용기에 찬 눈을 가진 기사가 며칠 전까지만 해도 입을 헤~ 벌리고 자기를 쫓아다니던 남자였다니 믿기지 않았다.

그 남자와 이 남자는 달라고 너무 달랐다.

걸음걸이, 말투, 행동이 도대체 같은 것이 없었다.

"여왕 폐하께서는 어디에 계신 겁니까?"

엘바트론은 앞장서서 길 안내는 하지 않고 옆으로 와 함께 걸으려 하는 피오란 공주에게 물었다.

"ㄱㄱㄱㄱㄱㄱㄱ게……!"

피오란 공주는 엘바트론이 갑작스레 쳐다보자 그의 눈빛에 말을 심하게 더듬었다.

엘바트론은 말을 더듬는 피오란 공주의 모습에 참 바보천치 같았던 옛날 자신의 모습과 그런 자신을 옆에서 지켜 주고 힘을 발휘하게 해 주었던 용탄자가 생각나 피식 웃었다.

"뭐가 우습다고 웃는 거야? 린푼드라의 공주가 우스워?"

피오란 공주는 엘바트론의 웃는 모습에 약간의 자신감이 생겨 큰소리로 말했다.

"드래곤스의 두 학생이 떠올라 웃은 것뿐입니다. 오해 마십시오, 공주."

피오란 공주는 엘바트론의 얼굴에서 금세 웃음이 사

라지자 방금 한 말을 후회했다.

"어디로 가면 됩니까?"

"ㄱㄱㄱㄱㄱㄱㄱㄱㄱ게……!"

피오란 공주는 엘바트론의 미소를 다시 보고 싶어 좀 전처럼 말을 더듬었다.

하지만 엘바트론은 공주의 의도를 모르는지 웃지 않고 그녀를 쳐다볼 뿐이었다.

"어마마마는 여여여여여여여왕의 저저저저저정원에 계계계계계계계계셔!"

피오란 공주는 말을 덜 더듬어서 웃지 않나?라는 생각에 말을 더 심하게 더듬었지만 엘바트론은 웃지 않았다.

"지금 여왕의 정원으로 갈 테니 공주님께서는 그만 가 보셔도 좋습니다."

엘바트론은 인간을 경멸하는 피오란 공주가 자기와 같이 있는 것이 거북해서 말을 더듬어 대는 줄 알고 피오란 공주에게 말했다.

"흥! 나도 갈려고 했어! 이 멍청한 인간 녀석아!"

피오란 공주는 인간 주제에 우드엘프 공주를 싫어하는 엘바트론에게 화가 나 뒤로 휙! 돌아서서 가 버렸다.

엘바트론은 말을 더듬다가 갑자기 화를 내고는 뒤도 돌아보지 않고 가 버리는 피오란 공주를 눈을 껌뻑이며 쳐다보다 여왕의 정원으로 향했다.

"저를 부르셨다고 들었습니다. 여왕 폐하."

여왕의 정원으로 들어온 엘바트론은 린 여왕을 찾아 정원을 걸었는데 얼마 안 가 사과처럼 생긴 꽃의 향기를 맡고 있는 린 여왕을 찾을 수 있었다.

그녀는 엘바트론이 곁으로 오자 자리에서 일어나 그를 쳐다봤다.

"하실 말씀이라도?"

"나의 신하들이 있는 곳에서 나를 아주 옴짝달싹 못하게 만들더구나."

린 여왕은 앞에 서 있는 엘바트론을 원망하듯 좋아하듯 짓궂게 쳐다보며 말했다.

"제가 과했다면 용서하십시오. 저는 이모님과 우드엘프들을 위기에 빠트리고 싶지 않음 마음에……."

"우드엘프들 사이에 투구로 얼굴을 가린 기사에 관한 이야기가 퍼져 있더구나. 그 기사는 드래곤 슬레이어들의 손아귀에서 우드엘프들을 구해 린푼드라로 데려왔다지?"

엘바트론은 이야기의 주인공이 자신임을 알고도 그 어떤 반응도 하지 않고 그저 당당히 린 여왕의 앞에 서 있었다.

"너 때문에 우리 우드엘프들의 질서가 무너지고 있다는 건 아니?"

"질서라니요?"

"우드엘프의 전사들이 더 이상 그들의 지휘관을 따르기를 원치 않고 있단다. 그들은 자신들의 지휘관의 명이 아니라 내 앞에 서 있는 기사를 따르기를 원하고 있지."

린 여왕은 우드엘프 전사들의 마음을 사로잡은 기사를 쳐다봤다.

눈에서는 불굴의 용기가 빛나고 얼굴에서는 우드엘프 여인보다 아름다운 미가 흐르고 있는 기사를 말이다.

"우드엘프 전사들의 변심이 과연 좋은 징조인지 아닌지는 시간이 지나 보면 알겠지. 생퀸이 살아 있었어도 과연 우드엘프 전사들이 너를 따르려 했을지 궁금하구나."

"생퀸? 생퀸이 누구입니까?"

"린푼드라의 최고의 사수이자 최고의 검춤꾼이었던

자의 이름이란다. 하지만 생퀸이 가장 잘하는 건 사격도 검술도 아니라 바로 지휘였지. 그거 아니? 케이린의 숲의 지하에는 어마어마한 양의 광물이 있다는 것을? 이 케이린 숲에 울창한 나무와 넝쿨에 가려진 광산 입구가 있단다. 우리는 그것을 숲의 상처라고 부르며 감시자들을 주둔시켜 대대로 지켜 왔지. 하지만 광물의 냄새를 맡은 드워프놈들이 광산을 차지하기 위해 군대를 이끌고 케이린 숲을 침범했지. 그때 케이린 숲을 지키기 위해 생퀸이 우드엘프 군대를 이끌고 나가 드워프 군대와 전쟁을 했다. 드워프 군대는 생퀸이 이끄는 우드엘프 군대에 가로막혀 숲의 상처 근처에도 가 보지 못하고 돌아갈 수밖에 없었단다."

"이 린푼드라에 그런 자가 있다니 정말 다행이군요. 그자는 지금 어디에 있습니까?"

"현세의 케이린 숲을 떠나 숲의 방랑자가 지키는 저승의 달숲으로 떠났단다. 드워프 군대를 이끌고 온 타아린 광산의 군주 발룬과의 정정당당한 일대일 승부에서 그를 죽였지. 하지만 군주의 머리가 땅에 떨어지는 것을 본 드워프 왕족들 모두가 비겁하게 생퀸에게 달려드는 바람에 생퀸은 드워프 왕족들을 모조리 죽이고 그들과 함께 죽었단다. 생퀸의 죽음에 격분한 우드엘프 전사들은 드워프들을 학살하여 아주 소수의 드워프들만 케이린 숲을 빠져나가도록 허락했지. 그 전투에서 도망친 드워프들은 달러스 거리를 건설하고 왜곡된 역사를 만들어 우리 우드엘프들을 손가락질하며 살아가고 있지."

"우드엘프의 영웅이 죽었다니 유감입니다."

"당시 여왕님이셨던 나의 어머니께서는 생퀸의 피를 왕족에 길이 남기기 위해 아버지의 무덤 앞에서 울고 있는 생퀸의 딸을 나의 딸로 만들어 나의 품에서 자라도록 해 주었단다."

"그럼 피오란이……."

"바로 우드엘프 영웅의 딸이란다."

"피오란 공주의 진짜 어머니는 누굽니까? 혹시 피오란을 진짜 어머니의 품에서 떼어내 이모님의 딸로 삼으신 겁니까?"

"생퀸의 아내는 피오란을 낳다 숨을 거두었어."

"생퀸은 살아생전에…… 성격이 아주 괴팍했나요?"

"아니, 그는 누구보다 상냥했고 친절했지만 쉽게 대할 수는 없는 남자였지. 그런데 생퀸의 성격은 왜 묻는 거지?"

"피오란이 누굴 닮아서 성격이 저렇게 이상한가 해서
요. 생퀸의 어머니는 성격이 어땠나요?"

"두 얼굴을 가진 여자였어. 아주 친절하고 상냥했지
만 생퀸이 다른 여인과 함께 있을 때면 질투의 화신으
로 돌변하는 아주 매력적인 여인이었지."

린 여왕은 갑자기 생퀸의 아내가 생각났는지 한쪽 입
꼬리가 살짝 올라갔다.

"피오란은 항상 아버지 생퀸을 무척이나 좋아하고 따
랐어. 그리고 생퀸이 아내 생각에 홀로 쓸쓸해하는 모
습을 볼 때면 미안해했어. 자기가 어머니를 아버지한테
서 빼앗았다는 생각에 말이야. 그 미안한 마음이 들면
들수록 피오란은 더욱더 아버지를 사랑했지. 그렇게 사
랑하고 따르던 아버지가 어느 날 전쟁터에서 죽어서 싸
늘한 시신에 되어서 돌아왔지…… 그것도 어린나이에
말이야."

엘바트론은 아들을 지키기 위해 아버지로 살아온 어
머니가 떠올랐다.

"피오란은 오만하고 괴팍한 공주가 아니야. 프란실
공주의 죽음이 울보 말더듬이 트래퍼스를 누구나 따르

고 싶어 하는 기사 엘바트론으로 바꿔 놓았듯 생퀸의 죽음이 피오란을 바꿔 놨을 뿐이야."

린 여왕과 엘바트론이 대화를 나누고 있는 사이 나무 정령사가 여왕의 정원으로 들어왔다.

"아마도 거목들이 준비된 모양이구나."

린 여왕은 자신의 정원으로 누군가가 들어왔음을 바로 알아차리고는 엘바트론의 손을 잡고 정원을 헤매고 있는 나무 정령사에게 다가갔다.

"여왕 폐하!"

나무 정령사는 엘바트론과 함께 다가온 린 여왕의 앞에 한쪽 무릎을 꿇고 인사를 올렸다.

"제가 부탁한 거목들은 어떻게 되었나요?"

"명하신 대로 덩치 좋은 거목들을 준비해 놓았습니다."

"좋습니다. 한시가 급한 일이니 지금 당장 신기루 거목을 만들도록 하겠습니다."

"따로 필요한 건 없니?"

"신기루 거목을 린푼드라 곳곳에 심을 인부들과 이들을 지킬 전사들을 준비해 주셨으면 합니다."

린 여왕은 걱정 말라는 듯 고개를 끄덕였다.

엘바트론은 나무 정령사와 함께 여왕의 정원을 나서 다 뭔가 빼먹은 것이 생각났는지 아차하며 뒤돌아 린 여왕에게,

"살아돌아 온 전사들 중 몸이 성한 이들을 린푼드라 최고의 무구로 무장시켜 준비 해주셨으면 합니다."

"그들은 지금 지쳐 있을 텐데…… 그들보다 나의 호위전사들을 데려가는 게 좋을 것 같은데?"

"여왕 폐하의 호위전사들이 제아무리 최고의 실력을 가지고 있다고는 하지만 드래곤 슬레이어들과의 일전을 치뤄 본 경험은 없을 겁니다. 특히나 이번에는 드래곤 슬레이어들과의 전면전이 아니라 그들의 발을 묶어 신 기루 나무와 인부들을 보호하는 일이니 최고의 전사보 다는 경험이 많은 베테랑이 필요합니다."

"그대의 뜻대로 준비해 놓겠습니다."

린 여왕은 저승의 달숲에서 돌아온 생퀸에게 인사하 듯 엘바트론에게 머리를 숙이며 최고의 지도자로서의 예를 갖추어 말했다.

린 여왕의 갑작스런 예에 엘바트론은 그녀의 숙인 머 리를 향해 버벅거리며 머리를 숙이고는 서둘러 나무 정 령사를 따라 내려갔다.

"우와!"

나무 정령사를 따라 린푼드라를 나와 미로정원 앞에 도착했을 때 엘바트론은 족히 5층 건물보다 커다란 준비된 거목들의 덩치에 턱이 빠질 듯 입이 벌어질 수밖에 없었다.

"정말 거대한 거목이군요. 그런데 이 녀석들을 어떻게 빠른 시간 안에 린푼드라 주변 곳곳으로 옮긴다……."

"그건 걱정하실 필요없습니다."

나무 정원사는 아래턱을 매만지며 고민하는 엘바트론을 보며 말하더니 허리춤에 넣어 둔 은피리를 꺼내 연주했다.

"갑자기 왜……?"

엘바트론은 뜬금없이 은피리를 입에 물고 연주하는 나무 정원사를 이상하게 쳐다봤는데 그때였다.

뚝! 뚝! 뚝!

나무로 만든 의족이 움직이는 듯한 소리가 울려 퍼지며 거목들이 눈을 뜨고 땅속에 심어 놓은 다리 뿌리를 빼내 일어섰다!

뚜둑!

은피리 소리에 깨어난 거목들이 완전히 일어섰을 때

엘바트론의 벌어진 입이 더 벌어져 턱에서 뚜둑! 소리
가 났다.

"흐음…… 살아 있는 거목을 신기루 나무로 바꿔 본
적이 없어서 잘될지 모르겠군요. 혹시나 잘못되면 이 거
목들이 목숨을 잃을 수도 있습니다."

"이 거목들은 린푼드라를 지키기 위해 목숨을 바치기
로 맹세한 수호목들입니다. 린푼드라를 적들로부터 보
호하는 신성한 임무를 위해서라면 목숨을 아까워하지
않을 겁니다."

엘바트론은 나무 정령사의 말을 듣고서도 혹시나 웅
장한 거목들을 죽이게 될까 망설였다.

"망설이지…… 마십시오……. 저희들은…… 케이린 숲
의 나무 형제들을…… 보호하는 우드엘프의 성지를……
지키기 위해…… 목숨을 던질 각오가…… 되어……있습
니다……. 기사님……."

엘바트론이 브레스를 뿜길 망설이자 거목들은 아주
느릿느릿한 목소리로 졸린 듯 결의에 찬 듯 말했다.

"좋습니다. 급박한 상황이니 더는 망설이지 않겠습니
다."

엘바트론은 더 이상 망설이지 않고 숨을 깊게 들이마

셨다.

"페어린시아 프란실!"

그리고 아버지께서 어머니를 위해 만든 프란실 브레스를 거목들을 향해 뿜어냈다.

수만 가지 색 별가루가 뭉쳐져 만들어진 듯한 나비들이 엘바트론의 입에서 뿜어져 나와 거목들에게로 향해 부딪혀 폭발하며 수만 가지 색 별가루를 거목들에게 입혔다.

"ㅇㅇㅇㅇ…… ㅇㅇㅇㅇ…… ㅇㅇㅇㅇㅇ……."

프란실 브레스를 온몸으로 받아 낸 거목들은 몸으로 스며든 수만 가지 색 별가루들 때문에 괴로운지 신음했다.

하지만 신음 소리가 점차 잦아들더니 거목들 주변으로 온갖 나무들이 평화롭게 숲을 이루고 있는 평화로운 숲의 신기루가 펼쳐져 어떤 것이 현실이고 어떤 것이 신기루인지 분간이 가지 않았다.

"신기루는 린푼드라 주변에 심어진 다음에 펼치셔야 합니다."

엘바트론은 새로 생긴 신기루 능력을 자기도 모르게 발산하고 있는 신기루 거목들에게 말했다.

잠시 후 주변으로 펼쳐진 신기루들이 잦아들었다.

"빨리…… 빨리…… 빨리……. 우리들의…… 자리로…… 데려가 주십시오……. 새로 생긴…… 신기루 능력을…… 억제하기가…… 힘듭니다."

신기루 거목들은 신기루 능력을 억제하기가 힘든지 안절부절못했다.

쿵! 쿵! 쿵! 쿵!

"엘바트론!"

신기루 거목들이 초조해하며 발을 구르고 있을 때 두나린이 급히 재정비를 마친 우드엘프 전사 부대를 이끌고 왔다.

"지금 당장 출발한다. 전사들은 신기루 거목을 에워싸고 전열을 유지한 채 따르라!"

엘바트론의 외침에 우드엘프 전사들은 일사분란하게 움직여 신기루 거목들을 둘러싸고 진영을 구축했다.

"그럼 출……."

"잠깐!"

진영의 맨 앞에 선 엘바트론이 신기루 거목과 우드엘프 전사들을 이끌고 출발하려는데 누군가가 린푼드라에서 헐레벌떡 뛰어나오며 소리쳤다.

"공주 마마께서 여긴 어쩐 일로⋯⋯."

두나린은 우드엘프 여갑옷을 거꾸로 입어 등에 가슴 보호구가 혹처럼 불룩 솟아 있는 피오란 공주를 황당해하며 말했다.

"나도⋯⋯ 같이⋯⋯ 가!"

서둘러 린푼드라를 빠져나오느라 숨이 찬지 피오란 공주는 신기루 거목들처럼 느릿느릿 말했다.

"공주 마마⋯⋯. 지금 저희들은 사슴 사냥을 하러 가는 것이 아니에요. 지금 저 밖에는 드래곤 슬레이어들이 숨어 있을지도 모른다구요. 신기루 거목들이 자리를 잡기 전에 드래곤 슬레이어들에게 노출이라도 된다면 죽음을 각오하고 싸워야 하는데 그 길을 함께 가시겠다니요?"

"감히 일개 궁수 주제에!"

피오란 공주는 마치 어린아이 타이르듯 말하는 두나린의 뺨을 후려갈기려 했는데 그녀는 손목을 엘바트론에게 잡혀 버리는 바람에 두나린의 뺨을 때리지 못했다.

"제아무리 장차 여왕 폐하가 되실 공주님이라 해도 린푼드라의 백성들을 구하고자 목숨을 초개처럼 던지려는 이 전사들에게 모욕을 주시려 한다면 제가 용서하지 않을 겁니다."

"그…… 그게……."

엘바트론의 단호한 눈빛에 피오란 공주는 주눅이 들어 버렸다.

"호위전사들은 도대체 공주 마마께서 전쟁터에 나가시겠다고 맞지도 않는 갑옷을 착용하고 여기까지 달려오는 동안 도대체 뭘 한 겁니까?"

엘바트론은 전쟁터를 아이들 장난처럼 생각하는 피오란 공주에게 화를 낼 수 없어 그녀의 뒤에 서 있는 공주의 호위전사들을 다그쳤다.

"죄송합니다."

공주의 호위전사들은 엘바트론의 말에 전과 다르게 고개를 숙이며 사과했다.

"어서 공주 마마를 린푼드라 안으로 모셔 드리세요."

호위전사들이 피오란 공주의 곁으로 오자 엘바트론은 잡은 그녀의 손목을 놓아 주고 뒤돌아 신기루 거목들과 전사들을 이끌고 떠났다.

"칫! 내가 포기할 줄 알아?"

피오란 공주는 엘바트론의 앞에서는 그 어떤 말도 그

어떤 표정도 꺼내지 못하다가 그가 떠나자 그의 뒤통수에다 대고 심술궂은 표정을 지으며 말했다.

"드래곤 슬레이어들이 어디서 날아올지 모르니 화살을 장전해 두세요."

"그럴게요."

엘바트론의 말에 두나린은 화살통에서 화살을 꺼내 활에 매기고 뒤따르는 전사들에게 귀를 쫑긋쫑긋하여 신호를 보내 화살을 장전케 했다.

린푼드라의 인근 숲으로 나온 엘바트론은 서둘러 신기루 거목들의 자리로 적당한 곳을 찾으며 걸었다.

"여기가 좋겠습니다."

일행들보다 조금 앞서 걸으며 주변을 살피던 엘바트론은 신기루 거목들만큼이나 큰 거목들이 울창하게 우거진 곳을 가리키며 신기루 거목들 중 한 그루에게 말했다.

"신기루 거목이 뿌리를 완전히 내릴 때까지 주변을 경계한다!"

신기루 거목이 우거진 큰 거목들 사이로 들어가자 엘바트론은 우드엘프 전사들에게 명했다.

엘바트론의 말에 우드엘프 전사들은 물론 신기루 거

목들까지 땅에 뿌리를 내리는 신기루 거목을 둘러싸고 보호했다.

"이제…… 다…… 됐습니다……."

흙이 움직여 대는 소리가 얼마나 났을까? 신기루 거목은 다른 거목들 사이에 완전히 동화되어 있었다.

"지금 신기루를 펼치면 우리들이 길을 잃어버릴 수 있습니다. 동료분들께서 모두 땅에 뿌리를 내리면 제가 브레스를 하늘로 뿜어 신호를 보낼 테니 그때 신기루를 마음껏 펼쳐 주세요."

"알겠습니다……. 어서…… 서둘러…… 주세요……."

"이동한다!"

엘바트론은 린푼드라 주변 곳곳 적당한 곳에 신기루 거목들을 배정했고 신기루 거목들은 하나하나 자리를 잡아 갔다.

신기루 거목들이 각자의 자리에 뿌리를 내리는 사이 우드엘프들은 엘바트론과 함께 주변을 경계했는데 엘바트론이 서둘러 움직인 덕분에 문디람이 케이린 숲에 도착하기 전에 작업을 시작할 수 있어 드래곤 슬레이어들은 보이지 않았다.

"이곳에 뿌리를 내리시면 될 것 같군요."

엘바트론은 마지막 남은 신기루 거목에게 그의 자리를 가리켰다.

"빨리…… 빨리…… 빨리……."

엘바트론이 넝쿨나무들로 뒤덮인 언덕 아래 땅을 가리키자 신기루 거목은 신기루를 펼치고 싶어 죽겠는지 서둘러 언덕에 기대 발을 땅속으로 내렸다.

언덕을 뒤덮은 넝쿨나무들은 신기루 나무가 언덕에 등을 기대자 거목을 감싸 버렸다.

"넝쿨나무…… 따뜻하다……."

신기루 거목은 넝쿨나무에 감싸여 멀리서 보면 절벽의 툭 튀어나온 부분처럼 보였다.

"이제…… 됐다……."

마지막 신기루 거목이 자리를 잡은 것을 확인한 엘바트론은 하늘로 브레스를 뿜으려 숨을 들이마셨는데

바스락!

앞에서 인기척이 들려와 숨을 멈췄다.

엘바트론은 활시위를 당기려는 두나린에게 고개를 뜨덕였다.

두나린은 엘바트론의 고개가 끄덕거려지는 것을 확인함과 동시에 화살을 인기척이 들려오는 레몬나무의 가

지와 잎사귀 안으로 날렸다.

"까아아아아아악!"

두나린의 화살에 맞은 것은 드래곤 슬레이어가 아니라 여인이었다.

쿵!

여인은 레몬 몇 개와 함께 아래로 떨어졌는데 화살이 박힌 오른쪽 어깨를 잡고 끙끙거렸다.

"케이린 숲의 모든 우드엘프들은 린푼드라로 귀환하라 여왕 폐하께서 명하신 지가 언젠데 아직까지 린푼드라 밖에서 놀고 있는 우드엘프가 있다니!"

두나린은 케이린 숲에 아직까지 남아 있는 우드엘프가 있다는 것을 놀라워했다.

"두나린. 화살로 아무 죄 없는 동족을 맞췄으면 사과부터 해야 되는 게 아닐까요?"

엘바트론은 끙끙거리는 여인에게로 다가가며 미안해하기는 커녕 황당해하는 두나린에게 말했다.

"전 당신의 명을 따른 죄밖에 없는 것 같은데요? 하지만 조금 미안하기는 하네요······."

두나린은 그제야 머리를 긁적이며 미안해했다.

"저기······."

엘바트론은 쓰러져 있는 여인에게로 가 그녀를 돌려 눕혀 얼굴을 확인했는데,

"피오란!"

여인이 누구인지를 확인한 엘바트론은 소스라치게 놀랐고 엘바트론의 소리를 들은 우드엘프 전사들 역시 기절할 듯 놀라 피오란 공주의 곁으로 달려왔다.

"도대체 여기까지 왜 온 겁니까?"

"으윽……!"

엘바트론은 화를 내려다 대꾸조차 못하는 피오란 공주의 상처를 확인했다.

두나린이 날린 화살은 그녀의 어깨에 깊숙이 박혀 있었다.

린푼드라의 최고 장인이 선물한 갑옷을 입고 있었기에 망정이지 갑옷이 어깨를 보호하지 않았더라면 두나린의 화살은 아마 그녀의 몸을 관통해 버렸을 것이다.

"빨리 화살을 뽑아야 해요! 우리들이 사용하는 화살에는 마법이 걸려 있어서 상처를 파고들어 간단 말이에요!"

두나린은 감히 공주 마마의 몸에 손을 대지 못하고 엘바트론을 다그쳤다.

"공주 마마…… 조금 아프시겠지만 참으셔야 합니다. 아니면 화살이 계속 몸 속으로 파고들어 가 심장으로 향할 겁니다."

엘바트론은 점점 깊숙이 비집고 들어가는 화살을 잡아 멈추고 식은 땀을 줄줄 흘리는 피오란 공주의 떨리는 두 눈을 바라보며 말했다.

"난 생퀸의 딸이야. 이쯤은 아무것도 아니라구! 어서 뽑아 버려!"

피오란 공주는 처음 느끼는 고통과 공포에 파래진 입술로 말하고는 눈을 질끈 감았다.

"으윽!"

엘바트론은 화살을 잡고는 있는 힘껏 당겨 그녀의 어깨에서 화살을 뽑아냈다.

"이제 눈 뜨셔도 됩니다."

엘바트론의 말에 피오란 공주는 실눈을 떠 어깨를 확인했다.

어깨에 화살이 없는 것을 확인한 피오란 공주는 그제야 눈을 완전히 뜨고 앞에 있는 엘바트론을 쳐다봤다.

"내가 따라가겠다고 했을 때 조용히 데리고 왔으면 이런 일 안 당했을 거 아냐!"

피오란 공주가 평소 때처럼 성질을 부리자 엘바트론은 그제야 굳은 얼굴을 풀어 웃으며

"제가 따라오지 말라고 말씀 드렸을 때 그냥 린푼드라에 남아 계셨어도 이런 일은 안 당하셨겠죠."

엘바트론은 한쪽 옷깃을 찢어 피오란 공주의 어깨에 감아 지혈을 해 주었고 공주는 그사이 엘바트론의 얼굴을 뚫어지게 쳐다보았다.

"이제…… 더 이상…… 버틸 수가…… 없습니다!"

"아차! 죄송합니다! 제가 하늘로 브레스를 쏘아 올리면 바로 신기루를 펼치시면 됩니다."

신기루 나무의 다급한 말에 엘바트론은 얼른 일어나 숨을 깊게 들이마셨다.

"쿤트람!"

그리고 초록색 빛 한 덩이를 하늘로 쏘아 올렸는데 엘바트론의 입에서 나온 초록빛 한 덩이는 폭죽처럼 하늘 높이 솟더니

펑!

하고 터져 구름을 쫓아 버렸다.

린푼드라를 빙 둘러싸고 있는 신기루 거목들은 엘바트론이 하늘로 쏘아 올린 브레스를 보고는 곧바로 억누

르고 있던 신기루를 펼쳤다.

"허어어억!"

피오란 공주는 린푼드라 주변 곳곳에 자리잡은 신기루 거목들이 펼친 신기루에 케이린 숲 그 어디에서도 보이는 린푼드라가 가려지는 모습에 어깨의 통증은 잊어버렸다. 아직까지 살을 파고드는 화살이 박혀 있었어도 그랬을 것이다.

수만 대의 영사기를 동시에 허공에 틀어 버린 듯이 수많은 흐릿한 이미지들이 하늘에 나타나 움직이고 겹쳐지며 히미한 허상의 시각 공간을 만들어 냈다.

그 시각 공간은 사진기의 포커스가 천천히 맞춰지듯 점점 선명해지더니 곧 팽창하며 린푼드라를 서서히 가리기 시작했다.

잠시 뒤 하늘로 솟은 린푼드라가 선명하지만 완성되지 않은 신기루에 완전히 가려졌을 때 신기루는 점점 입체적으로 변하더니 곧 린푼드라가 있던 자리에는 케이린 숲의 어딜 가도 볼 수 있는 땅을 매우고 있는 나무들과 땅에 비해 허전할 정도로 활짝 열린 하늘이 펼쳐져 있었다.

"정말 굉장하군요! 역시 당신은 엄청난 능력을 가진

기사셨군요."

두나린은 엘바트론의 브레스 능력에 새삼 놀라워했다.

"그런데…… 이제 우리들은 어떻게 돌아가지? 신기루가 펼쳐져 있어서 어디가 린푼드라인지 분간이 안 가잖아."

"이제 신기루 거목을 통해서만 린푼드라로 들어갈 수 있습니다. 신기루 거목들이 허락하지 않으면 설명 린푼드라가 있는 방향으로 가더라도 신기루에 홀려 방향을 잃고 헤매다 신기루 밖으로 나올 수밖에 없을 겁니다."

"드래곤 슬레이어들의 눈과 귀로부터 도망칠 수 있는 보금자리는 마련이 됐네요."

"드래곤 슬레이어들이 제가 하늘로 쏘아 올린 브레스를 보고 달려오기 전에 어서 린푼드라로 돌아가죠."

엘바트론은 피오란 공주를 일으켜 세워 부축하여 신기루 거목에게 다가갔다.

"문을…… 열어…… 드릴까요?"

"그래 주면 좋겠습니다. 모두들 린푼드라로 돌아간다!"

신기루 거목 앞으로 커다란 신기루 구멍이 생겨났다.

따당! 따당! 따당!

지금 용아족의 혼혈 일족이 주둔한 절벽의 낭떠러지 부근에서는 거대한 철을 때리는 수천 개의 망치 소리가 끊이지 않고 울려 퍼졌다.

혼혈 일족의 대장장이들은 물론 망치를 나룰 줄 아는 남자들은 모두 주황빛으로 뜨거운 쇳덩이를 두드려 댔는데 이들은 밤낮을 가리지 않고 쇠를 두드려 한쪽 끝에는 못처럼 생긴 작살이 또 한쪽 끝에는 드래곤이 앞발로 잡을 수 있을 정도의 크기를 가진 두 손잡이가 달린 덩치가 남다른 쇠사슬을 만들어 내고 있었다.

또 작살포를 다룰 줄 아는 혼혈 일족들은 일족의 작살포를 모조리 분해하여 그 안에 들어 있는 화약 가루를 이용해 심지가 아주 기다란 폭탄을 제조했고, 그 폭탄들을 일족의 절벽야영지 주변에 깊숙이 묻었다.

그리고 묻은 폭탄의 심지들을 하나로 연결하여 불을 한 번만 붙이면 연쇄적으로 터지도록 만들어 놓았다.

덕분에 혼혈 일족의 야영지와 밖을 구분 짓는 경계선이 생겨났다.

"폭군의 군대가 오고 있다! 어서 망치질을 해라!"

달리온은 낭떠러지 주변을 따라 길게 늘어선 대장간에서 동족들과 함께 쇠를 두드리는 일족을 독려하고 재촉했다.

도대체 얼마나 망치질을 해 댔는지 찢어진 달리온의 손가죽에서 흘러나온 피가 망치손잡이에 흘러 눌어붙어 있었다.

하지만 달리온은 쉬지 않고 지친 기색이라고는 없이 망치질을 해 댔고 그래서인지 마치 망치가 달리온의 힘을 못 이겨 상처가 나 버린 듯해 보였다.

용탄자와 하게둔은 수백 명의 혼혈 일족들과 대장간에서 혼신의 힘을 다해 만든 쇠사슬을 가져다 낭떠러지 곳곳에 한쪽 끝에 달려 있는 작살로 단단하게 고정했다.

야영지의 모두가 분주하게 움직여 준 덕분에 지금 혼혈 일족의 야영지가 있는 절벽 아래쪽 낭떠러지에는 두 개의 커다란 손잡이가 달려 있는 쇠사슬들이 주렁주렁 매달려 있었다.

도대체 죽은 뱀처럼 낭떠러지에 매달려 있는 저 쇠사슬들을 어디에 쓰려고 저러는 걸까?

며칠 뒤 낭떠러지의 암벽들이 쇠사슬에 가려 보이지 않을 정도가 되었을 때 대장간의 혼혈 일족들은 망치를 손에서 놓고 넝마처럼 엉망진창이 되어 버린 손에 약을 바르고 붕대를 감았다.

"왕자님과 대전사를 불러 와라!"

"네. 족장님."

준비가 끝나자마자 달러스는 지휘부 막사로 돌아와 용탄자와 하게둔을 불렀다.

잠시 뒤 수백 명의 대장장이가 만들어 내는 쇠닻처럼 커다란 쇠사슬들을 만들어지는 대로 낭떠러지에 아주 단단히 고정하느라 몸이 녹초가 되어 버린 용탄자와 하게둔이 들어왔다.

이들은 만신창이가 되어 버린 서로에게 그저 고개를 끄덕여 인사하며 서로가 흘린 피땀을 인정해 주었다.

"모든 준비가 이제 끝난 것 같소. 왕자."

달러스는 조금 전까지 휘두른 망치처럼 망가져 버린 손을 바닷물에 소독하며 말했다.

"그런데 정말 이 작전…… 아니, 이 일이 가능하리라고 보십니까, 왕자님?"

하게둔은 달리 다른 방법이 없어 용탄자의 계획을 도

왔지만 아직까지도 과연 이 계획이 실행이 가능할까 의심이 들어 물었다.

"이 용.탄.자가 보기에 이것만이 유일한 방법이에요."

용탄자는 왕자가 아니라고 말할 힘도 없는지 아니면 매번 왕자라고 부르는 이들에게 왕자가 아님을 밝히기가 지쳤는지 이름을 한 자 한 자 힘주어서 말했다.

"그럼 더 뭘 망설이는 거요? 당장 실행합시다!"

"아직은 안 됩니다."

"쓰지 않을 거 뭐하러 만들라고 한 거요? 지금껏 생고생을 해서 준비했더니만!"

"지금은 모두 지칠 대로 지쳐 버린 상태예요. 지금 바로 출발했다간 드래곤 장로가 있는 섬에 도착하기 전에 모두들 쓰러질 겁니다. 이제부터 며칠간 잘 먹고 잘 자면서 고그락스 바다로 향할 힘을 비축해야 합니다."

"우리들은 지쳤지만 드래곤들은 팔팔한데 뭘 걱정하는 거요?"

"드래곤들이 팔팔하다지만 드래곤들은 혼자서 하늘을 날 수 없어요. 우리들이 드래곤들의 날개를 같이 움직여야 된다구요. 장시간 드래곤과의 연결을 유지하면서 날개를 움직이는 일이 쉽지는 않을 테니 지금 체력을 비축해야 되는 거죠."

"왕자님의 말씀이 맞네. 상황이 급박하기는 하지만 그렇다고 서둘러 바다로 향했다가는 모두가 바다 한가운데서 익사하고 말 거야."

"어쩔 수 없지. 우리들이 지치다 못해 탈진해 있는 건 사실이니까 말이야. 일주일간 휴식을 취하면서 체력을 비축하도록 하자구."

"그런데…… 달루네는 얼마나 멀리까지 정찰을 나갔길래 며칠간 보이지도 않는 거죠?"

"지금 달루네는 정찰을 나가 있지 않소. 왕자."

"그럼?"

"지금 병이 깊어서 자기 막사 밖으로 나오지 못하고 있는 거요."

"무슨이 병이 얼마나 깊게 들었길래……."

달리온은 차마 딸아이가 누구 때문에 상사병에 걸려 아무것도 먹지 못하고 신음하고 있다는 말을 꺼내지 못했다.

"그럼 나와 왕자님도 그만 각자의 막사로 돌아가 쉬

겠네."

달리온이 말을 꺼내지 못하고 그답지 않게 우물쭈물하자 하게둔이 용탄자를 데리고 그의 지휘 막사를 나왔다.

"지금 달루네는 아주아주 지독한 병에 걸려서 곧 죽을지도 모릅니다. 왕자님."

"해프리스……."

용탄자는 졸탄 왕자의 목을 들고 야영지로 돌아온 뒤로 자신을 왕자로 대하는 하게둔의 태도가 싫어 몇 번이고 난 드래곤스의 학생 용탄자라고 이야기했지만 하게둔은 듣지 않았다.

"저는 해프리스가 아니라 붉은 눈 일족의 대전사 하게둔입니다. 이제 그만 당신의 신분에 익숙해지실 때도 되지 않으셨습니까?"

이번에도 용탄자는 하게둔을 드래곤스 선생님으로써 불렀지만 하게둔은 들은 척도 하지 않고 여전히 용탄자와 왕자로 대했다.

"어쨌든 이 열매를 받으십시오."

하게둔은 호주머니에서 석류보다 약간 큰 정도의 작은 붉은 알맹이 하나를 꺼내 용탄자에게 주었다.

"달루네를 살리시고 싶으십니까?"

"당연하죠."

"그럼 이 야생초에서 영근 이 열매를 입에 머금 후 달루네에게 먹이십시오. 절대! 씹은 머금은 열매를 밖으로 뱉어 내시면 안 됩니다!"

"그럼……."

"입으로 먹이셔야 합니다."

"뭐라구요? 이걸 왜 제가 해야 되는데요?"

"이 야생 열매는 용아족 왕족의 입안에서 효력이 생겨나니까요."

"그럼 하게둔이 하면 되겠네……."

용탄자는 야생 열매를 하게둔에게 떠밀려다 왠지 달루네를 하게둔에게 맡기기가 싫어져 하게둔에게 주려던 야생 열매를 슬그머니 감추었다.

하게둔은 그 모습에 웃으며,

"달루네의 막사는 저깁니다. 그리고 명심하세요. 이 야생 열매의 효력은 입 밖으로 나오는 순간 사라집니다. 그러니까 반드시 입에서 입으로 전달되어야 합니다."

하게둔은 달루네의 막사를 손가락으로 가리켜 주고는

자기 막사로 들어가 버렸다.

"어이…… 난 먼저 막사로 가 있는다. 배가 엄청 고 프네."

데쓰무쓰는 왠지 지금 용탄자를 따라가면 굉장히 어색해질 것만 같아 막사로 날아갔다.

"야! 고래 고기혼자 다 먹지 마라!"

용탄자는 혹시나 데쓰무쓰가 고래고기를 다 먹어 치워 버릴까 봐 소리쳤지만 데쓰무쓰는 들은 척도 하지 않고 막사로 날아가 버렸다.

"저기…… 안에 있나?"

용탄자는 달루네의 막사 앞에서 노크 대신 달루네를 불렀다.

"누구세요?"

한참 뒤 안에서 다 죽어 가는 목소리가 들려왔다.

용탄자는 달루네의 목소리가 막사 안에서 들려오자 들고 있던 야생 열매를 뒤로 숨겼다.

"내 용탄자다. 잠깐 안으로 들어가도 되나?"

"용탄자?"

용탄자의 말에 다 죽어 가는 달루네의 목소리에 생기가 돌았다.

"많이 아프면 그냥 갈게."

용탄자는 여인의 막사에 들어가기가 조심스러워 그냥 가려 했다.

"아니야! 어서 들어와."

달루네의 허락을 구하고 그녀의 막사 안으로 들어갔는데 자신의 막사와 크게 다른 것이 없어 약간 실망했다.

"여인의 막사라고 해서 크게 다를 건 없지?"

달루네는 두리번거리며 막사를 살펴보는 용탄자에게 화장기 없는 얼굴을 들킨 여자처럼 무안해했다.

"뭐 그렇네?"

용탄자는 달루네의 막사 구경을 다하고 그녀를 쳐다보았는데 그녀는 정말 죽을 병에 걸린 것처럼 야위어 있었다.

입술은 잔뜩 부르터 있었고 얼굴은 야위어 그림자가 곳곳에 생겨나 있었다.

그리고 머리카락은 식은땀에 젖어 생기를 잃어 있었다.

"정말 많이 아픈가 보네!"

용탄자는 전과는 달라도 너무 다른 달루네의 모습에

침대에서 힘겹게 몸을 일으키려는 그녀의 곁으로 다가 갔다.

"그냥 누워 있어라."

달루네는 자신의 막사를 찾은 용탄자에게 뭐라도 대접해 주려 자꾸 몸을 일으키려고 했는데 용탄자는 그런 그녀를 다시 눕혀 주었다.

"처음으로 내 막사를 가지게 됐을 때는 꽃이나 예쁜 조약돌 같은 걸로 막사를 꾸몄는데 붉은 눈썹 놈들에게 쫓겨 계속 이동을 해야 되서 점점 꾸미지 않게 되더라 구."

달루네는 남자들의 막사와 별반 다르지 않는 자신의 막사를 부끄러워했다.

"막사를 꾸며서 뭐할라고? 나중에 붉은 눈썹 놈들 다 몰아내고 예쁜집 가지면 그때 꾸며야지."

"말만 들어도 행복한 걸?"

"그렇게 될 테니까 걱정 마라. 그런데 이렇게 아파서야 예쁜집이 생겨도 어떻게 꾸미겠노?"

용탄자는 달루네의 이마에 손을 대 보았는데 열이 심하게 나고 있었다.

"이마가 불덩이네! 야, 인마! 도대체 뭘 잘못 먹었길래 이렇게 열이 나노?"

"뭘 잘못 먹은 게 아니라 남자를 잘못 만나서 이래."

"뭐라고?"

달루네는 역시나 여인의 말을 알아듣지 못하고 되묻는 용탄자를 보며 물었다.

"여기까지 웬일이야? 그동안 한 번도 와 주지 않더니 무슨 바람이 불어서 여기까지 온 거야? 그리고……뒤에 감추고 있는 건 뭐고?"

"어, 그게……."

용탄자는 도대체 어떻게 설명해야 될지 몰라 버벅대다가 고심 끝에 말을 꺼냈다.

"내가 니 병을 낮게 하는 방법을 누군한테 들었는데 이게 좀……."

용탄자는 뒤로 숨긴 야생 열매를 달루네에게 보여 주었다.

달루네는 용탄자의 손바닥에 있는 야생 열매를 한 번 보더니 눈을 꿈뻑꿈뻑이며 왜 이걸 보여 주냐는 듯한 눈빛으로 용탄자를 쳐다봤다.

"하아…… 어쩔 수 없다!"

용탄자는 몸을 힘겹게 일으킨 달루네를 한 번 보고는

에라 모르겠다 야생 열매를 입에 넣었다.

그리고 달루네가 황당해할 틈도 주지 않고 그녀의 입술에 입술을 맞추었다.

"읍?"

달루네는 용탄자가 갑자기 입을 맞추자 처음에는 당황해했지만 용탄자를 언제나 원해 왔던 그녀는 행여나 용탄자가 입술을 떼 버릴까 양손을 용탄자의 목에 둘러 용탄자를 꽉 잡아 놓아 주지 않고 키스를 했다.

"우읍!"

용탄자는 달루네에게 야생 열매를 입으로 전달하려다 그녀가 키스를 해 오자 당황했다.

용탄자는 잠시 그녀에게 떨어지려 몸을 뒤로 뺐지만 달루네의 양팔에 목이 붙들려 있어 달루네에게서 떨어지지 못했다.

용탄자가 몸을 뒤로 빼자 달루네가 그를 끌어당기는 바람에 용탄자는 달루네의 침대로 넘어지듯 끌려 올라가 버리게 되었다.

톡!

이성을 놓은 달루네가 용탄자를 침대로 끌어들여 격렬하게 키스를 해 대는 바람에 용탄자가 물고 있던 야생 열매가 용탄자의 입에서 터져 버렸다.

"엇!"

용탄자는 터진 야생 열매 안에서 나온 열매즙이 맛이 혀에 느껴지자 깜짝! 놀라 자신의 몸을 만지작거리며 점점 손이 아래로 내려가고 있는 달루네에게서 떨어졌다.

"미, 미안해……."

달루네는 용탄자가 화들짝 자신의 몸에서 떨어져 침대에서 일어나자 자신에 대한 거부반응인 줄 알고 흥분해 입술을 타고 흐르는 침을 닦으며 놀라 있는 용탄자에게 사과했다.

"어떡하노! 니한테 줄 약을 내가 먹어 버렸다!"

용탄자는 입안에 손가락을 넣어 야생 열매를 찾아보았지만 먹어 버린 야생 열매가 있을 리가 없었다.

"나한테 줄 약?"

"어! 좀 전에 내가 보여 준 그 야생 열매!"

"그게 약이라구?"

"하게둔이 그 열매를 내가 머금었다가 니한테 먹이면 니 병이 낫는다고 했는데!"

"풋!"

달루네는 자기에게 줄 약이 사라졌다며 난리가 난 용탄자가 귀여운지 웃음 지었다.

"지금 웃을 때가? 니 그 병 안 나으면 죽을지도 모른다매?"

"아까 그 야생 열매는 내 병을 치료해 줄 수 있는 약이 아니야. 그 야생 열매는 그냥 이맘때쯤 절벽 들판 아무 곳에서나 찾을 수 있는 그냥 과일이라구!"

"뭐? 거짓말하지 마라. 아까 하게둔이 분명히……."

"으이구! 내가 무슨 병에 걸린지는 알아?"

"당연히……."

용탄자는 그딴 걸 지금 질문이라고 하냐는 듯 자신있게 대답하려다 병명을 알지 못해 말을 말았다.

"난 지금 어떤 남자만이 낫게 해 줄 수 있는 상사병에 걸렸다구. 그래서 어떤 남자가 계속 생각나구 그립구. 그 어떤 남자가 곁에 없으면 아무것도 못해. 먹지도 마시지도 못해."

"진짜가? 그럼 그 어떤 남자라는 놈한테 고백하고 같이 있으면 된다 아이가?"

용탄자는 달루네가 말하는 그 어떤 남자가 자기인 줄도 모르고 눈치없이 그렇게 쉬운 일을 망설이고 있는 그녀가 이해가 안 가 말했다.

"정말…… 그렇게 생각해?"

"당연하지. 너처럼 괜찮은 여자는 현실세계에서도 찾기 힘들다."

"그런데 너는 왜 날 안 좋아하는 거야?"

"뭐라고?"

"니가 방금 그랬잖아. 나처럼 괜찮은 여자는 현실세계에서도 찾기 힘들다고 말이야. 이런 나를 너는 왜 안 좋아하냐고."

"그야 지금까지 드래곤 슬레이어다 붉은 눈썹 놈들이다 뭐 정신이 없어서 말이야. 그리고 내가 좋아하면 뭐 하노? 너는 지금 이렇게 병들 만큼 좋아하는 남자가 따로 있다면서?"

"그 남자가 바로 너야."

"뭐라고?"

용탄자의 반응을 차마 볼 용기가 없는지 눈을 질끈 감은 달루네의 고백에 용탄자는 귀를 의심해 물었다.

"내가 좋아하는 사람…… 너라구."

달루네는 실눈으로 용탄자를 힐끔거리며 말했다.

"정말……이가?"

다시 물었을 때 달루네가 고개를 끄덕이자 용탄자는 어떻게 해야 될지를 몰라 아무 말도 못했다.

"이제 네가 솔직히 말해 줄 차례야. 나 어떻게 생각해?"

용탄자가 아무 말도 없자 달루네는 감았던 눈을 조심스럽게 떠 용탄자에게 단도직입적으로 물었다.

"음…… 그게……."

용탄자는 너무 갑작스럽고 혼란스러워 말을 더듬거리면서 생각을 정리하려 애썼다.

달루네는 그런 용탄자를 아무 말없이 쳐다보며 대답을 기다렸다.

"그거 아나?"

몇 년 같은 몇 분의 침묵 후 용탄자는 입을 뗐다.

달루네가 질문하듯 눈빛을 던지자 용탄자는 말을 이었다.

"베기스럼에서 니를 처음 봤을 때 나 솔직히 니한테 첫눈에 반했다는 걸?"

"저, 정말?"

"그런데 니가 나를 다크엘프 암살자라는 거짓된 모습으로 나를 대했을 때 나는 니가 나한테 무언가를 숨기고 속이고 있다는 걸 알고 첫눈에 받은 감정들이 전부 다 사라져 버리더라. 그런데 여기로 와서 거짓 없는 니 모습을 보니까……."

용탄자는 다음 말을 하기가 미안한지 아니면 쑥스러운지 하던 말을 멈추었다.

"보니까 어땠어?"

달루네는 용탄자의 표정과 속내가 어떤 건지 몰라 다그치듯 물었다.

용탄자는 달루네가 다그쳐 묻자 결심을 한 듯 흔들림 없는 눈으로 그녀를 쳐다보며 말했다.

"세상에 여신 말고도 이렇게 아름다운 여인이 있구나! 감탄했지."

그렇게 말하며 자신의 붉은 머리카락을 매만지는 용탄자의 모습에 달루네는 언제 아팠냐는 듯이 세상 다 얻은 사람처럼 웃었다.

"그런데 그런 니를 볼 때마다 나 하나 살리자고 제 목숨 던진 캐서린이 눈에 밟히더라."

"그럼 여태까지 캐서린에 대한 미안한 감정 때문에 날 멀리했단 말이야? 캐서린 때문에? 용탄자! 내가 묻는 말에 솔직히 대답해 줘!"

"뭔데?"

"지금 만약 캐서린이 살아 있었더라면 넌 누구를 네 여인으로 받아들였을 것 같아?"

"글쎄. 캐서린이 날 소중한 동료 이상으로 생각했겠나?"

"그 여우 같은 계집이 너한테 꼬리 치는 거 내가 다 봤거든!"

"야! 니가 좋아하는 남자 살리려고 죽은 여자한테 여우 같은 계집이라니?"

"나도 그 상황이었으면 널 위해서 죽었을 거야! 캐서린 그 계집만 널 사랑하는 줄 알아? 어서 대답해! 캐서린이야, 나야?"

용탄자는 캐서린 이야기가 나오자 살쾡이 눈으로 변한 달루네의 질문에 이번에도 망설였다.

"남자가 우유부단하게! 빨리 말하지 못해?"

"나는 너를 택했을 거다."

용탄자의 그 말에 달루네는 언제 살쾡이처럼 달려들었냐는 듯 순하디순한 사슴 눈이 되어 그를 쳐다봤다.

"내가 전투에서 니가 위험해지자마자 번개처럼 달려

왔던 거 기억 안 나나? 무슨 여자가 그렇게 눈치가 없노? 그때 감을 딱 잡았어야지."

달루네는 더 이상 이 남자를 참을 수 없는지 끌어안고 입술을 삼켜 버릴 듯이 격렬하게 키스를 했다.

그런 그녀를 용탄자도 마다하지 않고 딥키스를 나누며 그녀의 끌어당김에 끌려 그녀의 침대에 누웠다.

"야! 니 아픈 사람 맞나?"

용탄자는 자신을 침대에 눕히고 위에 올라타 침대에서 빠져나가지 못하도록 양팔과 양다리로 꽉 붙잡고는 입으로 옷의 단추를 풀어 버리고 있는 달루네에게 물었다.

"조용히 해!"

용탄자와 팁키스를 나누어 몸이 달은 달루네는 용탄자의 옷을 입으로 벗기자마자 번개처럼 탈의하며 소리쳤다.

달루네는 막상 사랑하는 남자 위에 올라타 옷을 벗어 알몸을 그에게 보여 주니 수줍은지 탐스러운 가슴을 손으로 가렸다.

짐승처럼 달려들다 갑자기 소녀처럼 수줍어하는 달루네의 아름다운 알몸을 본 용탄자는 상체를 일으켜 달루네의 목을 입으로 애무해 주며 가슴을 가린 그녀의 손을 아래로 내렸다.

그리고 그녀의 가슴을 양손 가득 매만져 부풀어 오르게 만들었다.

"아아……."

용탄자는 신음 소리를 흘리는 그녀를 침대에 눕히고 한 손으로는 계속 부풀어오른 가슴을 만지며 한 손은 그녀의 배를 타고 아래로 향했다.

"다시는 캐서린 얘기는 꺼내지 마!"

달루네는 목을 타고 올라온 용탄자의 입술이 그토록 원했던 남자의 애무에 붉어진 자신의 입술을 가리기 전에 토라진 소녀처럼 말했다.

용탄자는 토라진 소녀가 귀여운지 고개를 한 번 끄덕이고는 그녀를 꽉 끌어안았다.

달루네는 양팔과 양다리로 용탄자를 끌어안고 그를 받아들이고 황홀경에 빠져들었다.

바람이 매섭게 부는 절벽 위 혼혈 일족 야영지의 달루네의 막사는 지금 화롯불이 꺼졌음에도 뒤엉킨 남녀의 열기로 후끈했다.

다음 날 아침 용탄자의 품속에서 눈을 뜬 달루네는

이제는 자신의 남자가 된 사내의 얼굴을 유심히 들여다보았다.

"으으으으음~"

그러다 용탄자가 눈을 비비며 일어나자 황급히 자는 척을 했다.

잠에서 깨어난 용탄자는 품에 꼭 안겨 있는 달루네의 머릿결과 부드러운 살결을 쓰다듬었다.

달루네는 용탄자의 손길에 더욱더 열심히 자는 척을 했다.

잠시 후 용탄자가 침대에서 살며시 일어나 옷을 입자 달루네는 실눈을 뜨고 용탄자를 감시했다.

"어디 가?"

그러다 용탄자가 막사를 나서려 하자 벌떡 일어나 용탄자에게 물었다.

"놀래라! 자는 거 아니었나?"

용탄자는 달루네가 용수철처럼 몸을 일으켜 묻자 깜짝 놀라고 말았다.

"어디 가냐니깐!"

"내 막사에 갈려고……."

"이제 네 막사는 없어! 여기가 우리 막사라구."

용탄자는 달루네에게 다가가 그녀의 머리를 쓰다듬으며 웃었다.

"그걸 누가 모르나? 데쓰무쓰가 잘 있는지 확인하러 가는 거다. 그 자식 내가 없으면 불안해하는 놈이라서."

"알았어."

용탄자는 잠깐 떨어져 있는 것도 싫어서 뾰로통해진 달루네를 한 번 안아 주고 막사를 나왔다.

그리고 이제부터 빈 막사가 될 자기 막사로 들어갔는데

"얌마! 노크도 없이!"

막사 안에는 데쓰무쓰만 있는 것이 아니었다.

암 드래곤 한 마리가 데쓰무쓰와 같이 있었다.

같이 있었다기 보다도 합체해 있었다고 표현하는 것이 맞을지도?

어쨌든 동물의 왕국에서나 봤던 아주아주 민망한 장면을 목격한 용탄자는 얼른 막사를 나왔다.

"흠! 흠!"

용탄자는 이 일을 어떻게 해야 될지 몰라 두 드래곤이 사랑을 나누고 있는 막사 주변을 서성거렸다.

얼마 후 데쓰무쓰가 막사를 나와 몽유병 환자처럼 주변을 서성이는 용탄자에게로 날아왔다.

"흠흠!"

데쓰무쓰도 이 일을 어떻게 해야 될지 잘 감이 안 잡히는지 용탄자처럼 헛기침을 해댔다.

"야! 뭘 그렇게 어색해하는데?"

참을 수 없는 어색 기류에 익사하기 직전에 데쓰무쓰가 먼저 버럭의 힘을 빌려 용탄자에게 말을 걸었다.

"내가 뭐?"

"너희들만 사랑하라는 법 있냐? 앙? 드래곤들도 서로 눈맞으면 그…… 할 수 있는 거라구! 그래야 네 자식도 나중에 드래곤 라이더가 될 거 아냐!"

"누가 뭐라고 했나?"

"그, 그게…… 그냥 그렇다고!"

"알았다고!"

용탄자와 데쓰무쓰는 어색함을 없애려 버럭! 버럭 소리들을 질렀지만 버럭으로 매꿔질 어색함이 아니었다.

그래서 결국 고그락스 바다로 가기 전에 취하는 일주일의 휴식기 동안에는 각자 따로 막사를 쓰기로 했다.

"자기 드래곤의 짝짓기를 직접 눈으로 목격했으니 엄청 어색했겠는데?"

다음 날 아침 함께 아침을 먹으며 어제 있었던 일을 들은 달루네는 웃으며 말했다.

"장난 아니었다. 진짜 뻘줌하더라! 그런데 드래곤들은 폴리모프 상태로 짝짓기를 하나? 원래 모습으로 짝짓기하는 게 아니고?"

"난 드래곤이 없어서 몰라. 하지만 아빠가 옛날에 이야기해 줬는데 폴리모프를 풀고 짝짓기를 하면 힘이 센 드래곤이 흥분해서 힘을 너무 과하게 사용하게 돼서 배우자가 죽게 되는 경우가 생긴다고 하더라구. 그뿐만이 아니야. 폴리모프를 해제하게 되면 드래곤 라이더와의 신경 교감이 활성화되는 바람에 여러 가지 악영향들이 일어난다고 하더라구."

"그렇구나……."

"아침 다 먹었어?"

"어. 왜?"

"그럼 후식 먹어야지."

달루네는 이틀 전 용탄자가 들고 들어온 야생 열매와 똑같은 걸 입에 넣어 터트려 과즙이 입에 고이게 한 후 용탄자와 키스를 하여 용탄자에게 그 과즙을 먹였다.

이렇듯 혼혈 일족의 야영지는 평화와 사랑으로 아늑했고 그 속에서 일족들은 꿀 같은 휴식을 취하고 있었다.

하지만 그 휴식은 오래가지 못했다.

혼혈 일족이 모든 준비를 마치고 휴식을 취한 지 5일째가 되는 날 야영지 멀리 정찰을 나온 여전사가 하늘을 뒤덮어 땅에 암흑 같은 그림자를 드리운 조라크의 군대를 목격하고 만 것이다.

조라크의 군대가 땅으로 내려와 야영지를 세우고 잠을 자는 틈에 여전사는 가장 빠른 전령 갈매기를 띄웠다.

드래곤의 먹잇감이 되지 않기 위해 드래곤보다 훨씬 빠르게 비행할 수 있게 진화한 용아족 갈매기는 훈련받은 대로 거의 마하의 속도로 혼혈 일족 야영지로 날아왔다.

전령 갈매기의 발에 묶인 쪽지를 풀어 확인한 여전사는 서둘러 지휘부 막사로 들어가 잠을 자고 있는 달리온을 깨웠다.

"도대체 무슨 일이길래 이렇게 호들갑이야!"

달리온은 단잠을 깨 버리는 바람에 여전사에게 짜증스럽게 물었다.

"어제 저녁 조라크의 군대가 드래곤을 몰아 이틀 거리의 인근 숲에 야영지를 펼쳤다고 합니다. 늦어도 이틀 뒤면 이곳에 도착할 것 같습니다. 족장!"

"뭐라?! 당장 왕자님과 대전사를 불러 오라!"

여전사는 달리온의 명을 받고 곧바로 지휘부 막사를 나섰고 잠시 후 용탄자와 하게둔이 들어왔다.

"자네의 명을 전하는 여전사의 얼굴이 상기되어 있더군. 도대체 무슨 일인가?"

하게둔은 불길한 느낌에 막사로 들어오자마자 달리온에게 다그쳐 물었다.

"폭군 조라크의 군대가 늦어도 이틀 뒤면 이곳으로 도착한다고 하는구만."

"군대의 규모가 얼마나 돼요?"

"조라크가 친위군인 용기수 부대 모두를 동원했다는 소식이오. 왕자."

"그러니까 그 규모가 얼마나 되냐구요?"

"대략 2만입니다."

"설마 저들과 지금 대적할 생각이십니까? 붉은 눈썹

일족의 용기수들은 우리 붉은 눈 일족의 전사들과 맞먹는 전쟁 기술을 가진 전사들입니다. 조라크가 용이야 폐하를 몰아내고 왕위 찬탈에 성공한 이유가 뭐였는지 아십니까? 바로 졸탄 왕자가 이끌었던 용기수들 때문이었습니다."

"하지만 이제 졸탄 왕자는 없어요."

"하게둔의 말이 맞소, 왕자. 용기수들과 맞붙어서는 안 될 것 같소. 비록 왕자의 창지팡이에 졸탄 왕자가 죽었다고는 하지만 저들은 우두머리를 잃은 것이지 힘과 전쟁 기술을 잃은 것은 아니지."

"용기수들과 맞붙지는 않을 거예요. 저도 그게 승산 없는 전투임을 알고 있으니까요."

"그럼?"

"게릴라전을 펼칠 때죠."

"저번처럼 야밤을 틈타 저들의 목젖을 노리자는 겁니까?"

"야습은 안 돼요. 우리들이 야습에 뛰어나다는 것을 알고 있는 조라크의 야영지는 분명히 경계가 삼엄할 테니까."

"그럼 게릴라전을 펼치는 것도 안 되는 거 아니요?"

"그래서 우리는 저들이 우리를 몰살시키고자 날아오는 백주대낮에 저들을 습격해야 하는 거죠."

"왕자! 지금 제정신이오? 아님, 게릴라전의 뜻을 모르는 거요? 어둠이 우릴 가려 주지 않으면 어떻게 우리가 폭군의 군대를 습격하고 도망칠 수 있단 말이오? 폭군의 용기수들을 장님이라고 여기는 거요?"

"걱정 마세요. 이번에는 어둠이 아니라 구름이 우리를 가려 줄 테니. 지금 당장 심어 놓은 폭탄들을 기폭시켜 배를 띄우십시오. 지금쯤이면 다들 체력들을 어느 정도까지는 회복했을 테니 노잡이 역할을 할 수 있을 겁니다."

"차라리 그냥 지금부터 배를 타고 도망가는 것이 어떻겠습니까?"

"우리들의 배는 쾌속선이 아니에요. 이대로 그냥 도망친다면 분명히 따라잡히고 말 겁니다. 노잡이들을 제외한 모든 병력들은 결사대가 되어 배가 도망갈 시간이 벌어 줘야 합니다."

"저들이 우리들의 배를 쫓지 못할 정도가 되면 우리들 역시 배에 합류할 수 없을 겁니다."

"당연히 합류할 수 있습니다. 저놈들은 배가 어디로

가는지 알 수 없어서 바다를 다 뒤져야 하기 때문에 못 찾는다지만 우리들은 배가 어디로 가는지 알고 있잖아요."

"이번이 가장 위험하고 힘든 전투가 될 것 같소. 왕자."

"그래도 걱정은 하지 말게. 우리들이 전투 도중 모두가 죽는다 해도 나머지 혼혈 일족들은 저들에게 붙잡혀 노예가 되지는 않을 테니."

달리온은 곧바로 혼혈전사들 모두를 불러 모아 드래곤들의 폴리모프를 해제시키게 했고 덩치와 날개가 커다란 드래곤들을 뽑아 그들의 드래곤 라이더들을 노잡이로 배정했다.

"노잡이들을 지금 당장 노를 잡아라!"

달리온의 명에 노잡이로 임명된 전사들을 덩치 좋은 그들의 드래곤의 등에 올라 절벽 끝으로 날아가 아래 낭떠러지에 작살로 단단히 박혀 있는 수백 개의 쇠사슬들의 끝부분에 달려 있는 두 손잡이를 드래곤에게 앞발로 잡게 했다.

수백 개의 쇠사슬이 노잡이 드래곤들의 앞발에 잡혀 공중에 떠올라 점점 팽팽하게 당겨졌다.

"폭탄을 터트려라!"

용탄자가 소리치자 야영지 주변으로 기다랗게 열을 지어 매설된 폭탄들의 기다랗게 하나로 연결된 심지에 불이 당겨졌다.

펑! 펑! 펑! 펑!

잠시 후 땅에 매설된 폭탄들이 연쇄적으로 터지면 땅을 갈라 절벽을 아래로 떨어트렸다.

쏴아아아아아~

폭발 때문에 용아족 섬에서 분리가 되어 바다로 떨어진 절벽은 엄청난 포말을 일으켰다.

조선소에서 만들어진 한 척의 배가 바다로 첫발을 내딛을 때 일으키는 포말과는 비교도 되지 않았다.

절벽 위의 혼혈 일족 야영지는 이제 절벽 위에 있는 것이 아니라 둥둥 떠다니는 절벽바위를 타고 바다 위에 떠 있게 되었다.

"결사대가 모두 준비를 마치고 내릴 때까지 대기하라!"

하게둔의 명령에 노를 젓듯 드래곤의 날개를 저어 거대한 바위 배를 이동시키려던 노잡이들이 대기했고 팽팽하게 당겨졌던 쇠사슬들이 느슨하게 쳐졌다.

"폭군의 군대를 이기고 돌아오십시오."

달루네를 비롯한 모든 여전사들은 결사대의 방어구를 그들에게 입혀 주며 무훈을 빌었다.

달루네는 용탄자에게 혼혈 일족 전사의 방어구를 정성스레 입혀 주며 자꾸만 흐르려는 눈물을 감추려 애썼다.

"뭘 그렇게 눈물 흘리려고 하노? 누가 지금 죽으러 가나?"

용탄자는 끝내 흐르는 달루네의 눈물을 닦아 주면서 다정한 목소리로 그녀를 안심시켜 주려 했다.

하지만 달루네는 이번에는 제국에서 가장 강력한 황제의 군대 용기수를 상대해야 된다는 걸 알고 있어 자꾸만 안 좋은 생각이 드는 건 어쩔 수 없었다.

그녀는 지금 용탄자를 자꾸만 저승으로 떠나보내는 것 같은 느낌이 들었지만 무기를 들어야 할 용탄자의 손에 여인의 눈물을 더 이상 묻힐 수가 없어 눈물을 훔치고는 다시 새것처럼 수리한 졸탄 왕자와의 일전에서 부러져 버린 창지팡이를 용탄자의 손에 꼭 쥐어 주었다.

"꼭 살아서 돌아와야 돼. 알지?"

"당연하지."

용탄자는 달루네에게 장난스럽게 윙크를 날리며 데쓰

무쓰의 폴리모프를 해제시켰다.

　용탄자가 데쓰무쓰를 폴리모프 해제하자 결사대 전원
이 각자의 드래곤에게 걸린 폴리모프를 해제했다.

　절벽바위 배가 폴리모프 해제한 결사대의 드래곤들로
만선이 되었을 때 어린아이들과 부녀자들이 하얀 물감
을 들고 나와 여전사들과 함께 결사대와 그들의 드래곤
의 몸에 구름을 새겨넣듯 정성스레 발라 주었다.

　결사대의 가족들은 폭군의 용기수들을 상대하러 가는
남편과 아들들을 다시는 못 보게 될까 결사대의 얼굴을
보고 또 보며 놓아 주지 않으려 했다.

　"킬라하세림……."

　결사대의 드래곤들이 모두 하얀 구름처럼 변했을 때
결사대의 가족들은 결사대의 무구도 하얀 물감으로 칠
하며 그들을 의해 기도했다.

　결사대는 가족들의 손길에 구름 속에서 태어난 자들
처럼 새하얗게 변했고 그들의 기도를 들으며 축복을 받
았다.

　"노를 저어라!"

　용탄자는 데쓰무쓰의 등에 올라 날아오르며 노잡이들
에게 말했고 쇠사슬들이 다시 팽팽하게 당겨지기 시작

했다.

용탄자가 날아오르는 것을 본 결사대는 그를 따라 날아올랐고 그를 따라 폭군의 군대와 결전을 치르러 떠났다.

2. 시체를 뿌리는 시체 구름

신기루로 린푼드라를 드래곤 슬레이어의 시야에서 완전히 숨기는데 성공한 엘바트론과 그의 일행들이 린푼드라로 돌아왔다.

　"수고하셨습니다."

　린푼드라 주변으로 보이지 않는 신기루 막이 형성되는 것을 느낀 린 여왕은 친히 린푼드라 인근 숲까지 엘바트론을 마중 나왔다.

　"이제 드래곤 슬레이어들이 린푼드라로 쳐들어오는 일은 없을 겁니다. 그리고 이거……."

엘바트론은 신기루 거목들의 위치를 표시한 케이린 숲 지도를 린 여왕에게 건넸다.

"이게 뭐죠?"

"신기루 거목들이 표시된 지도입니다. 린푼드라 안에 서야 신기루 나무들이 펼친 신기루가 보이지 않겠지만 린푼드라를 나서면 신기루 때문에 신기루 거목의 동의 가 없으면 린푼드라로 돌아올 수 없을 겁니다."

"신기루를 뚫고 린푼드라가 있는 위치로 오면 되는 게 아닌 모양이군요."

"그냥 통과해 버리면 그만인 신기루라면 드래곤 슬레 이어들을 막을 수 있을 리가 없죠. 신기루 거목들이 펼 치는 신기루는, 정밀하고 현실적이어서 린푼드라에 쳐진 신기루에 구멍을 내주지 않으면 들어오지 못하고 주변 을 계속해서 맴돌 수밖에 없을 거예요."

"정말 안심이 되는군요. 우리들만에 암호를 정해서 신기루 거목들에게 일러 주어야겠습니다."

"그리고……."

엘바트론은 린 여왕에게 혼이 날까 봐 우드엘프 전사 들 틈에 숨어 있는 피오란 공주를 린 여왕 앞으로 데려 갔다.

피오란 공주는 양어머니 앞에 나서지 않으려 버텼지만 엘바트론은 그녀를 번쩍 들어 린 여왕의 앞에 데려다 놓았다.

　"공주님께서 어깨에 부상을 당하셨습니다. 빨리 치료해 주셨으면 합니다."

　"피오란!"

　린 여왕은 피로 붉어진 천으로 감겨진 피오란 공주의 한쪽 어깨를 보고는 까무러치듯 놀랐다.

　"도대체 어쩌다가!"

　"제가 따라오시지 말라 말렸지만 몰래 저희들의 뒤를 따라오셨습니다."

　엘바트론의 그 말에 린 여왕의 걱정스런 얼굴이 차갑고 냉정하게 바뀌어 버렸다.

　"정말이야? 정말 엘바트론 사령관을 따라갔니? 정말 엘바트론 사령관과 린푼드라의 전사들이 목숨을 걸고 수행하러 갔던 임무에 따라간 거니? 그래서 방해한 거야?"

　"죄송해요. 어머니……."

　피오란 공주는 그녀답지 않게 기어들어 가는 목소리로 말했다.

"도대체 생각이 있는 거니, 없는 거니? 이들이 사슴 사냥하러 가는 아이들처럼 보여서 재밌을 것 같아서 따라간 거야? 이들은 너와 나를 포함한 린푼드라의 모든 우드엘프들을 위해 드래곤 슬레이어들과의 일전을 겨뤄 목숨을 버릴 각오를 하고 임무를 시행하려 길을 떠난 거야! 그런 이들을 쫄래쫄래 따라가서 훼방을 놓다니!"

짝!

린 여왕은 철부지 수양딸의 철없는 행동에 그녀의 뺨을 때렸다. 그리고는 그녀의 손을 잡아 끌어 자신의 옆에 서게 했다.

"오늘 저녁 린푼드라를 드래곤 슬레이어들의 손아귀에서 구해 내신 여러분들을 위해 연회를 열 생각이니 한 분도 빠지지 말고 참석해 주셨으면 합니다."

린 여왕의 말에 두나린과 우드엘프 전사들은 환호성을 질렀다.

린 여왕은 엘바트론에게 인사를 하고서 피오란 공주를 데리고 여왕이 머무는 침실인 달의 성소로 향했다.

린 여왕의 방인 달의 성소는 마법의 힘으로 둥둥 떠다니는 크리스탈이 사방으로 던지는 아름다운 달빛으로 밝은 곳이었는데 달이 뜨면 가장 가까이서 달빛을 받는 달맞이 언덕처럼 넓고 은색빛으로 아늑한 그런 방이었다.

린 여왕은 수양딸과 함께 달의 성소로 들어와 그녀를 의자에 앉혔다.

그리고 어깨에 붕대처럼 감겨 있는 천을 풀어 상처를 살폈다.

"다시는 전쟁터에 따라나가 전사들을 성가시게 하지 마렴. 오늘 여신께서 도우셔서 드래곤 슬레이어와 마주치지 않아 다행이었지만 만약 드래곤 슬레이어들이 나타났더라면 저들은 너 때문에 죽었을 수도 있어."

"전…… 전 단지 엘바트론을 따라갔을 뿐이에요."

린 여왕은 피오란 공주의 상처를 회복 마법으로 돌보다 그녀의 말에 놀랄 일도 아니라는 듯이 못 들은 척하며 아무 반응도 보이지 않았다.

"네가 그렇게 싫어하던 엘바트론을 왜 따라간 거니?"

"제가 엘바트론을 왜 싫어해요?! 전 싫어한 적 없어요."

"아~ 그래? 그럼 엘바트론에게 먹던 음료를 끼얹고 욕을 해대던 공주는 누구였니?"

"그건……."

"나는 네가 너를 향한 마음을 접은 엘바트론 따라다니느라 이렇게 화살 맞고 다니지 않았으면 좋겠어."

"왜 그렇게 생각하세요? 엘바트론이 아직 저를 좋아하고 있을 수도 있잖아요"

"설령 그렇다고 한들 두나린이 엘바트론의 마음을 얻을 테니까 희망을 접으렴."

"두나린이요?"

피오란 공주의 상처가 아무는 것을 확인한 린 여왕은 시련을 당한 친구를 위로하듯 수양딸의 어깨를 다독이면서

"엘바트론을 쳐다보는 두나린의 눈을 못 봤구나? 그녀는 엘바트론의 마음을 얻기 위해서라면 불길 속이라도 뛰어들 기세던 걸? 그리고 엘바트론도 그런 두나린이 싫지 않은 눈치였고 말이야. 듣자 하니 두나린이 엘바트론의 방에 자주 드나드는 것 같던데 그게 무슨 뜻이겠니?"

린 여왕은 안됐다는 듯 고개를 절레절레 흔들며 자리에서 일어나 방을 나와 웃음 지었다.

그날 저녁 린푼드라로 들어오면 바로 보이는 운동장처럼 넓은 들판에서 린푼드라를 위해 싸운 모든 이들을

위한 연회가 열렸다.

엘바트론은 연회에 참석하기 위해 들판으로 내려왔을 때 문스톤의 빛을 받아 은빛으로 물든 들풀이 빽빽한 들판이 너무 불편해 보였지만 들판으로 들어섰을 때 그런 예상과는 다르게 이불처럼 부드럽고 포근한 감촉과 느낌에 깜짝 놀랐다.

잠시 후 우드엘프 전사들이 하나둘씩 들판으로 모여들었고 그들은 엘바트론을 보자마자 그에게로 달려와서 인사하며 그를 반겼다.

들판에 사람들이 옹기종기 모여 앉아 이야기를 나눌 때쯤 시녀들이 들판으로 들어와 돗자리를 깔고 그 위에 보기만 해도 군침이 흐르는 음식들을 올려놓았다.

그리고 잔을 사람들에게 돌리고 잔을 채워 주었다.

엘바트론은 들판에 앉아 돗자리 위에 널린 음식들을 보니 꼭 소풍 와 있는 것 같은 느낌이 들어 괜히 즐거웠다.

"우리 꼭 소풍 온 거 같다. 그지? 왜 드래곤스에서는 소풍을 안 보내주는 걸까? 이렇게 재밌는데 말이야."

그렁키는 음식을 와구와구 먹어대며 말했다.

"그러게. 학교로 돌아가게 되면 우리끼리라도 소풍

한 번 가자."

"우리끼리?"

"용탄자랑 데쓰무쓰랑 같이 말이야."

그렁키는 용탄자와 데쓰무쓰라는 이름을 들으니 그놈들이 보고 싶은지 울먹거렸다.

"걱정 마! 우리들보다 훨씬 강한 놈들이니까 살아서 볼 수 있을 거야. 우리들만 살아남는다면 말이지. 그러니까 우리 걱정이나 하자구."

엘바트론은 음식 때문에 볼이 터질 정도로 부풀어 오른 입을 파르르 떨면서 울먹이는 그렁키의 등을 긁어주며 말했다.

"무슨 이야기를 나누고 계세요?"

뒤에서 들려오는 여인의 목소리에 엘바트론은 돌아봤는데 웬 아름다운 여인이 서서 자리를 권하기를 기다리고 있었다.

그 여인은 몸에 달라붙는 에메랄드빛 드레스를 입고 있어서 우드엘프 여인치고 볼륨감이 상당한 몸매가 드러나 있는 매력적인 여인이었다.

그 여인은 이런 옷이 어색한지 추은 듯 손으로 다른 쪽 팔을 비비며 눈을 둘 곳을 찾아 두리번거렸다.

"저…… 계속 여기에 이렇게 세워 둘 건가요?"

"누구…… 혹시 두나린?"

엘바트론은 이 안면이 있는 여인이 누구인지 몰라 한참을 쳐다보다 그녀가 실수로 벗지 않은 손가락에 끼워진 가죽 골무를 보고서야 엘바트론은 그녀가 두나린이라는 것을 알아차렸다.

두나린은 엘바트론의 시선이 자신의 왼쪽 손에 가 있는 것을 보고는 황급히 가죽 골무를 벗으며 고개를 끄덕였다.

"이쪽으로 와 앉으세요."

엘바트론은 자신의 옆에 자리를 마련해 그녀에게 권했다.

휘이이익!

"오~"

"킥킥킥킥!"

평상복이 갑옷이고 활인 두나린을 아는 주변의 동료들은 예쁜 드레스를 차려입고 엘바트론의 옆자리에 수줍게 앉는 두나린의 모습에 그녀를 놀렸다.

"정말 이렇게 차려입고 있으니까 딴사람 같네요. 두나린."

엘바트론은 전쟁터에서 용맹하게 활시위를 당기는 두나린이 이렇게 에메랄드빛 드레스를 입고 수줍은 듯 다리를 가지런히 해 앉아 있으니 너무 낯설었고 또 한편으로는 달리 보였다.

"제가 이렇게 입고 있는 걸 언니가 봤더라면 뭐라고 했을지 상상이 안 가네요."

두나린은 엘바트론의 시선이 부끄러운지 손으로 빨게진 얼굴에 부채질을 해댔다.

"언니가 있나요?"

"제가 전에 말씀드리지 않았나 보군요. 네, 제게는 언니가 한 분 계세요. 캐서린이라는 이름을 가지고 있고 저처럼 전사죠."

"캐서린?"

엘바트론은 오랜만에 들어보는 이름에 반가워 되물었다.

"혹시 제 언니를 아세요?"

두나린은 혹시 언니와 엘바트론이? 라는 의심스런 눈빛으로 물었다.

"네. 제가 드래곤스의 교장 선생님, 아니, 제 아버지의 부탁 덕분에 현실세계에서 만나게 됐었죠?"

"많이 가까우셨나요?"

두나린은 대답하기도 조심스러워질 정도로 아주 조심스럽게 물었다.

"아니요. 가까워질 수가 없었죠. 캐서린은 약하고 겁많은 나를 아주아주 싫어했거든요."

엘바트론이 잠시 추억과 잡념에 빠져 있는 사이 두나린은 엘바트론의 얼굴을 찬찬히 감상하듯 쳐다봤다.

"약하고 겁이 많다니요? 기사님처럼 강하고 용맹스런 사람은 본 적이 없는 걸요."

두나린의 말에 엘바트론은 자신을 쳐다보는 그녀를 쳐다보며 쑥스러운 듯 웃었다.

눈이 마주친 엘바트론과 두나린은 서로를 응시하며 자기들도 모르게 점점 서로에게 다가갔다.

두나린은 엘바트론을 조금더 가까이서 보기 위해 터질듯이 뛰는 심장을 움켜잡고 그에게로 다가갔다.

"야! 너희들 뭐하는 거야!"

엘바트론의 콧날과 두나린의 콧날이 맞닿았을 때 갑자기 피오란 공주가 나타나 소리를 치는 바람에 두나린은 급하게 엘바트론에게서 떨어졌다.

"연회에 참석 중입니다만……."

얼굴이 빨간 피망처럼 붉어져 어쩔 줄 몰라하는 두나린과는 달리 엘바트론은 보면 모르냐는 표정으로 씩씩거리고 있는 피오란 공주에게 말했다.

"두나린 당장 다른 자리로 꺼져!"

"네? 네…… 공주님."

엘바트론은 피오란 공주의 호통에 자리에서 일어나려는 두나린을 잡아 다시 자신의 옆자리 앉히며 피오란 공주를 노려보면서

"오늘 이 연회의 주인공들은 공주님이 아니라 바로 여기에 있는 전사들입니다. 이들을 당신의 호위전사 대하듯 하지 마십시오."

"뭐라구?!"

피오란 공주는 두나린을 옆에 두려 하는 엘바트론이 화가 나 씩씩대기만 했다.

"이왕 연회에 참석하셨으니 앉으시지요."

엘바트론은 곧 출발할 폭주기관차처럼 씩씩거리는 피오란 공주에게 비어 있는 한쪽 옆자리를 가리키며 자리를 권했다.

"칫!"

그제야 피오란 공주는 씩씩거림을 멈추고 엘바트론의

Dragon
Rider

남은 옆자리에 앉았다.

"상처가 벌써 다 나으셨군요!"

엘바트론은 토라진 듯 앉아서 뭐가 마음에 안드는지 불평불만을 웅얼웅얼거리고 있는 피오란 공주의 상한 어깨를 살폈는데 이미 상처는 아물어 흉터도 사라지고 없었다.

"누구 때문에 생긴 상처는 어마마마의 치료 마법 덕분에 나았어."

피오란 공주는 자신에게 활을 쏜 걸로도 모자라 엘바트론의 한쪽 자리를 차지하고 있는 두나린을 노려보았다.

"다 나으셨다니 다행이군요. 그러길래 도대체 왜 저희들을 따라오신 겁니까?"

엘바트론은 두나린이 피오란 공주의 눈총을 더 이상 받지 않도록 몸으로 두나린을 가리고 말했다.

"그냥…… 심심해서."

피오란 공주는 차마 너를 보려고 따라갔다 말할 수 없어서 둘러댔다.

"전쟁터에서 볼거리라고는 잘린 시체와 피밖에 없습니다. 다시는 전쟁터로 나오지 마십시오. 이들처럼 숙

련된 전사들이 아니라면 단 1초도 살아남기 힘든 곳입니다."

"난 절대로 안 죽어! 내가 누구 딸인 줄 알기나 해?"

"공주 마마는 우드엘프의 영웅 생퀸의 따님이시지. 생퀸 자신이 아닙니다."

엘바트론은 잔에 사과주스를 따라 피오란 공주에게 건네주었다.

"칫!"

피오란 공주는 엘바트론에게서 잔을 받아들고는 입을 삐죽거리며 마셨다.

"전쟁터에서 봤을 때는 엄청 강력한 드래곤이었는데 지금 이렇게 작아진 모습을 보니까 기사님의 드래곤 엄청 귀엽네요."

두나린은 시녀들이 음식을 내오는 족족 먹어 치우는 그렁키를 호기심 어린 눈으로 쳐다보다 조심스럽게 그렁키의 꼬리를 만졌다.

"헤헤헤헤! 간지러워!"

그렁키는 두나린의 손길이 간지러운지 꼬리를 이리저리 움직이며 웃었다.

'저거 전부 다 내숭이야! 내숭! 다 예뻐 보일려고 하

는 짓이라구. 속지 마'

피오란 공주는 엘바트론의 시선이 두나린에게로 향하
자 엘바트론의 귀에다 귓속말을 했다.

"누구만큼은 아닌 것 같은데요."

엘바트론은 피오란 공주의 귓속말이 들리지 않는지
두나린을 보면서 말했다.

"누구만큼이요?"

"내가 아는 여인 중에 두나린이라는 여인이 있는데
그 여인은 전쟁터에서는 용맹한 여전사였는데 어떤 연
회에서 뺴니까 그냥 수줍음 많은 소녀 같은 귀여운 여
인이더라구요."

두나린은 엘바트론의 그 말에 소녀처럼 수줍어했다.

'다 내숭이라구! 속지 마! 저년은 소녀가 아니라 소
녀의 탈을 쓴 꼬리 아홉 개 달린 여우라구! 네가 좋은
게 아니라 네 심장이 좋은 구미호!'

엘바트론과 두나린은 서로 대화를 나누었고 피오란
공주는 이들이 대화를 나누는 동안 엘바트론의 귀에다
침을 튀겨 가며 귓속말을 해댔다.

'저런 여자 만나면 네 인생 끝나는 거야!'

'내 말 믿어! 저년은 마녀야, 마녀!'

'뭐야! 왜 가만히 있어? 저년이 네 어깨에 기대고 있 잖아! 당장 뿌리쳐! 어서!'

엘바트론은 두나린과의 사이를 질투하는 피오란 공주 가 귀여워 그녀의 분노의 귓속말을 계속 들으며 웃었 다.

"오! 저기 계시는군요!"

엘바트론이 한 여자와는 입으로, 또 한 여자와는 귀 로 대화를 나누며 연회에 빠져 있을 때 기사단장들이 연회가 한창인 들판으로 들어와 엘바트론을 찾았다.

"사령관…… 아니, 엘바…… 아니, 사령관……."

제이는 엘바트론을 어떻게 불러야 될지 몰라 직책과 이름을 번갈아 말하며 엘바트론을 불렀다.

"잠시 실례하겠습니다."

기사단장들을 본 엘바트론은 두나린에게 양해를 구하 고 또 귀에 붙어 있다시피 한 피오란 공주의 입을 떼내 고 자리에서 일어나 기사단장들에게 갔다.

"오! 엘바트론! 린푼드라를 둘러싼 신기루가 아주 일 품입니다! 제가 없었다면 여기 제이, 브리스는 신기루 속에서 헤매다가 황천행이었을 거예요."

웬트람은 엘바트론에게 윙크를 날리며 그의 브레스

능력을 칭찬했다.

브리스는 웬트람이 이상한 농담을 꺼내기 전에 그의 입을 막아 버리고서

"네가 신기루 거목들을 만들어 내고 설치하는 동안 우리들은 드래곤스로 정찰을 다녀왔어."

브리스는 마치 엘바트론을 드래곤스에서 수업을 가르쳤던 트래퍼스를 대하듯 대했지만 그녀는 그녀도 모르는 사이 엘바트론에게 보고를 하고 있었다.

"제 아버지 엘비스는 어떻게 됐습니까? 정말…… 죽었나요?"

엘바트론은 드래곤스를 다녀왔다는 말에 황급히 물었다.

"확인하지 못했어요……."

제이는 엘바트론의 실망한 얼굴을 보고 싶지 않은지 딴 곳을 쳐다보며 말했다.

"드래곤 슬레이어들이 아직 드래곤스에 있다는 말입니까?"

"아니, 그게 아니라 드래곤스가 어디론가로 날아가 버렸습니다."

"드래곤스가 날아가다니요? 드래곤스가 드래곤처럼

생겼다고 해도 그건 학교 건물이 아닙니까?"

"사실 드래곤스는 거대한 드래곤입니다. 엄청 거대한 드래곤이라 마법으로 자기 뱃속을 개조해서 커다란 빈 공간을 만들 수 있는 드래곤이죠. 엘비스 사령관은 폰테인 기사단을 창립하시기 전 드래곤스의 허락을 구해 그의 뱃속을 기사단의 본부로 삼으셨어요. 덕분에 우리 폰테인 기사단은 이동할 수 있는 것은 물론 함께 싸울 수 있는 본부요새를 얻게 된 것이나 다름이 없었죠."

"실제로도 드래곤스는 우리의 막대한 전력이 되어 주었어. 어마어마한 마력을 가지고 있었기 때문에 우리는 그 마력을 이용해서 더 많은 마법을 구사할 수도 있었고 드래곤스 본연의 마법으로 단체 텔레포트나 단체 은신 같이 불가능한 것들이 가능했으니까."

"제가 보스턴에서 몇몇 사람들하고 함께 병영초등학교로 겨우겨우 했던 그 단체 텔레포트를 드래곤스는 1만에 가까운 사람들을 텔레포트해낼 수 있었어요. 그 힘과 능력이 상상이 가세요?"

"그런 드래곤스가 어떻게 제 아버지의 명을 따랐을까요?"

"드래곤스는 엘비스 사령관의 명을 따른 것이 아니라

암흑시대를 끝내고자 치열하게 싸웠던 자유의 영웅을 도왔던 것뿐이죠."

"우리 폰테인 기사단이 드래곤 슬레이어들과 다시 한 번 전쟁을 치를 수 있을 정도가 되기 위해서는 드래곤스의 힘이 필요하겠네요?"

"아마도 그럴 겁니다."

"좋아요! 그럼 드래곤스를 찾아서 그에게 다시 한 번 부탁을 해야겠네요."

"언제 출발할 생각인데?"

"내일 날이 밝는 대로 갈 생각입니다."

"좋아, 그럼 그때 보자구."

"여러분들은 저와 함께 갈 수 없어요."

"드래곤스가 화난 상태라면 어쩌시려구요? 최소한 엘바트론이 드래곤스에게 먹혀 버리면 꺼내 줄 사람 한 명쯤은 데려가야 되지 않을까요?"

웬트람은 엘바트론이 마치 자기들을 버려 두고 가려는 듯해 농담으로 붙잡으려 했다.

"여러분들은 따로 해 줄 일이 있습니다."

엘바트론은 웬트람답지 않게 서운한 마음에 얼굴이 굳어 가는 웬트람의 어깨에 손을 올리고 웃으며 말했다.

"우리들이 따로 해 줄 일?"

"보스턴에서 보니 고블린들이 드래곤 슬레이어들과 한배를 탄 것 같더군요."

"그놈들은 명예나 의리가 아니라 철저히 이익에 따라 움직이는 놈들이니 그렇게 놀랄 일도 아니에요."

"'금덩이를 부모 형제보다 귀하게 여겨라!' 달러스 거리에 있는 한 고블린 가게에서 보았던 아주 훈훈한 글귀가 떠오르네요."

"고블린들이 드래곤 슬레이어와 한배를 탔다면 고블린들은 분명히 드래곤 슬레이어의 힘을 빌려 달러스 거리를 장악하려 할 겁니다. 드래곤 슬레이어들의 창날에 드워프들이 몰살당하기 전에 린푼드라로 데려와 주셔야 겠습니다."

"이 린푼드라로 말이에요?"

"그건 우드엘프들과 드워프들 사이가 얼마나 안 좋은지 몰라서 내리실 수 있는 명이 아닐까요? 물과 기름보다 더 섞일 수 없는 게 있다면 바로 우드엘프들과 드워프들이 아닐까 생각이 들 정도로 이들은 증오의 골이 엄청 깊답니다."

"생퀸의 죽음이 이들 사이를 갈라놓았다면 제가 다시

붙일 겁니다. 지금 판타지세계의 모든 종족들이 힘을 합치지 않는다면 드래곤 슬레이어들을 이길 방법은 없습니다."

"차라리 이곳 말고 다른 곳으로 데려가면 어떨까?"

"안 됩니다. 판타지세계에서 유일하게 안전할 수 있는 곳은 신기루로 가려진 린푼드라밖에 없다는 것을 브리스도 잘 알고 있을 텐데요."

"그야 그렇지만……."

"달러스 거리의 일은 한시가 급합니다. 지금 꾸물거리고 있을 시간이 없습니다. 내일 아침 바로 달러스 거리로 가서서 구해 낼 수 있는 드워프들은 모조리 구해 이곳 린푼드라로 데려오세요."

"그 방법밖에 없겠네요."

"부디 린푼드라에서 전쟁이 벌어지지 않았으면……."

❖   ❖   ❖

절벽바위 배가 노잡이들의 날갯짓에 고그락스 바다로의 항해를 하고 있을 때쯤 구름을 하얀 물감으로 온몸에 새긴 결사대는 폭군의 군대가 있는 곳으로 날아가고 있었다.

날이 저물 때까지 꼬박 날아간 결사대는 저 멀리에 있는 폭군의 야영지를 육안으로 확인할 수 있었다.

"우리들은 여기서 새벽이 될 때까지 기다린다!"

용탄자는 인근 산 정상에 착륙했고 결사대는 그를 따라 착륙했다.

"왕자, 우리의 작전은 구름 속에 숨어 있다가 저놈들이 가까이 왔을 때 확!하고 덮치는 게 맞소?"

"아닌데요?"

"그럼 뭐요? 그럴 계획이 아닌데 왜 우리들 몸에 하얀 물감을 바른 거요?"

"구름 속으로 들어오게 만들어야죠. 구름 속에 들어와서 시야 확보가 안 돼 허둥지둥하는 틈에 저놈들을 쳐야 됩니다."

"저놈들을 어떻게 구름 속으로 끌어들이겠단 말입니까?"

"비행 속도가 가장 빠른 전사들로 미끼조를 만들어서 구름 밖에서부터 안으로 유인해 내면 됩니다."

"그 유인조는 누가……."

"저하고 하게둔이 맡을 겁니다. 달리온은 구름 속에

전사들을 모두 매복시켜 두었다가 폭군의 군대가 구름 속으로 들어오면 모조리 죽이십시오. 구름 속에 가려지 않은 놈들은 모두 적일 테니까 피아 식별은 확실히 될 겁니다."

"구름 속에서의 전투라…… 하! 재밌겠구만!"

다음 날 새벽 결사대는 구름 속에 숨어 폭군의 군대를 기다렸다.

아침이 되고 해가 하늘로 떠오르고 있을 때쯤 폭군의 군대는 야영지를 정리하고 하늘로 날아올랐다.

"빨리 이동해라! 내 아들놈을 죽인 반역자 무리를 빨리 죽여 없애야 네놈들 황제의 울분이 가라앉는다!"

제국의 황제 조라크는 자신의 드래곤의 날개를 빠르게 움직이며 군대를 이끌고 빠른 이동을 시작했다.

"웬 놈의 구름들이 이렇게 많은 거야!"

조라크는 파란 하늘을 하얗게 매우고 있는 하얀 구름들이 마음에 들지 않았다.

오늘따라 유달리 하얀 구름들이 꼭 자신의 앞길을 막고 있는 듯한 느낌을 지울 수가 없어서일까? 그런데 그 구름 속에서 웬 녀석 두 명이 드래곤을 몰고 나타나 앞길을 막았다.

"정찰병이냐?"

조라크는 혼혈 일족의 땅으로 보낸 정찰병들인 줄 알고 물었지만 그들의 모양새를 보고는 제국의 정찰병이 아님을 알 수 있었다.

그런데 갑자기 나타나 앞을 막은 두 명은 하얀 물감을 잔뜩 칠해 얼굴 생김새가 가늠이 가지 않았다.

"아니! 너를 네 아들놈 곁으로 보내 주러 온 저승사자다!"

용탄자는 손에 움켜쥔 잘린 졸탄 왕자의 머리를 조라크에게 던졌다.

"뭐라?!"

조라크는 감히 제국의 황제인 자신을 겁박하는 용탄자의 당당함에 말문이 막혔고 그가 던져 준 머리를 받아 그 머리가 누구 것인지를 알아본 조라크는 놀라 말을 하지 못한 채 분노에 몸을 부르르 떨었다.

"뭘 그렇게 놀라는 거지? 네놈이 왕위 찬탈을 위해 죄 없는 수많은 용아족의 자식들을 도륙했으니 그 벌중 아주 일부를 받은 것뿐인데 말이야."

"으아아아아~"

조라크는 아들의 잘린 머리를 들고 포효했고 황제에

게 무슨 일이 있나 싶어 다가온 용기수들은 자신들을 승리로 이끌었던 지도자 졸탄 왕자의 머리가 아버지의 손에 들려 있는 것을 보고는 용탄자와 하게둔을 죽일 듯이 노려보았다.

"왕자님. 저들을 너무 자극하시는 것 아닙니까?"

하게둔은 용기수들의 분노로 붉은 눈을 응시하며 작은 목소리로 용탄자에게 말했다.

"어쩔 수 없어요. 우리가 갑자기 나타나서 갑자기 구름 속으로 사라진다면 저놈들은 구름 속에 우리의 군대가 있다는 것을 알아 버릴 거라구요. 이렇게 이성을 잃게 만들어서 생각하지 못하게 만들어야 구름 속으로 저놈들을 모조리 유인할 수 있어요."

"과연 우리들이 분노에 떠는 저놈들을 기습해 낼 수 있을지 모르겠습니다."

"늘 그래 왔듯이 죽기 살기로 달려들어야죠. 뭐……."

용탄자와 하게둔은 눈치채지 못하게 조금씩 아주 조금씩 뒤로 물러나기 시작했다.

"저놈들의 목을 가져와라! 어서!"

그러다 조라크의 고함 소리가 들려옴과 동시에 뒤돌

아 전력을 다해 드래곤을 몰아 구름 속으로 향했다.

그리고 이들의 뒤를 이성을 상실한 분노의 용기수들이 따랐다.

'으억! 커헉!'

용기수들이 구름 속으로 모두 들어간 후 비명 소리와 철이 부딪히여 불똥을 토해 내는 소리가 산발적으로 들어오더니 용기수들을 삼킨 구름은 곧 방패날에 사지가 잘린 용기수들과 그들의 드래곤들을 땅으로 뱉어 내기 시작했다.

"모조리 죽여라!"

구름 속에 숨어 펼친 기습 공격의 효과가 앞으로 얼마 못 간다는 것을 알고 있는 용탄자는 용기수들이 정신을 못 차리는 이때 최대한 많은 용기수들을 구름 아래로 떨어트리기 위해 창지팡이를 휘둘러 대며 혼혈전사들을 격려했다.

"으아아아!"

용탄자는 혼혈전사들을 더욱더 사납고 잔인하게 만들기 위해 그들에게 보란듯이 포효를 지르며 구름 속에서 구름을 찾고 있는 용기수의 왼쪽 옆구리 갈비뼈 사이에 창날을 찔러 넣어 그대로 들어 올려 아래로 던져 버렸다.

그리고 곧바로 창지팡이를 있는 힘껏 위로 쳐올려 아래로 떨어진 용기수의 드래곤의 목을 잘라 버렸다.

"졸탄 왕자의 원수를 내가 갚겠다!"

퍼벙!

용탄자는 달려드는 용기수의 드래곤의 눈에 검은 마력탄을 날려 방향을 잃고 팽이처럼 돌게 만들어 버린 뒤 데쓰무쓰를 몰아 그대로 들이받아 버렸다.

빠그닥!

전투에 흥분한 데쓰무쓰의 몸통 박치기에 용기수 드래곤의 날개뼈가 부서지는 소리가 크게 들려왔다.

졸탄 왕자의 원수를 갚으려던 용기수는 드래곤과 함께 아래로 떨어지기 전 듀알린을 휘두르려 했지만 용탄자가 손을 뻗어 듀알린을 움켜잡아 빼앗아 버렸다. 덕분에 용기수는 검기 한 번 못 날려 보고 아래로 추락해야만 했다.

"흐압!"

용탄자는 빼앗은 듀알린을 반으로 분리시켜 하나는 바로 아래에 있는 용기수의 머리를 수박처럼 반으로 갈라 버렸고 또 하나는 위에 있는 용기수의 드래곤에게 던져 한쪽 날개뼈 관절을 파열시켜 점점 고도가 떨어지게 만들었다.

용탄자는 창지팡이의 지팡이 보석에 검은 마력을 모으면서 날개뼈에 듀알린이 꽂힌 드래곤이 데쓰무쓰의 옆으로 내려올 때까지 기다렸다.

뻥!

고도를 떨어트리는 드래곤이 태운 용기수가 보이자 용탄자는 창지팡이를 용기수에게 겨누고 모은 강력한 검은 마력을 날렸다.

지팡이 보석에서 대포처럼 날아간 검은 마력 구슬은 용기수의 몸을 폭파시켜 버렸고 드래곤 라이더와의 연결이 끊어진 용기수의 드래곤은 날개를 조금도 움직이지 못해 아래로 추락하고 말았다.

후두두둑! 후두! 두둑!

용기수들을 삼킨 구름이 얼마간 잘린 용기수들과 그들의 드래곤들 시체를 땅으로 떨어트리다 시간이 흐를수록 혼혈전사들과 그들의 드래곤들 시체를 땅으로 떨어트리기 시작했다.

잘린 졸탄 왕자의 머리를 보고 앞뒤 재지 않고 돌진해 와 덫에 걸려들어 당황하던 용기수들이 점점 냉정과

침착을 찾아가면서 힘을 발휘해 내기 시작한 것이다.

"으억!"

혼혈전사들은 용기수들이 얼마나 강력한지 구름 속에서 새삼 깨닫게 되었는데 용기수들은 하얀 물감으로 구름처럼 분장해 잘 보이지 않는 혼혈전사들을 잡기 위해 아예 눈을 감아 버리고 오로지 청각에 모든 신경을 집중해 듀알린을 휘둘렀다.

용기수들이 날린 검기는 정확하게 혼혈전사들의 급소로 날아들었다.

용기수들이 눈을 감고 날리는 검기에 사지를 잘릴 수밖에 없었는데 본래 총알처럼 빠른 속도로 날아드는 용기수들의 검기를 큰 형태 말고는 잘 보이지 않는 구름 속에서 받았으니 피할 수 있을 리가 없었다.

용기수들은 각자의 상공에서 조금도 움직이지 않고 드래곤과 함께 제자리 비행을 하면서 총알처럼 크기가 작지만 무시무시한 속도로 날아드는 검기를 사방으로 분출시켰다.

용기수들은 듀알린을 정말 귀신처럼 다뤘는데 그들이 분출하는 검기들은 사방의 혼혈전사들과 그들의 드래곤에게로는 날아갔지만 동료 용기수들과 그들의 드래곤에게로는 단 한 발도 날아가지 않았다.

"끄억!"

"억!"

쉬지 않고 터져 대는 검기 폭탄과 다름없는 용기수들 근처에 있는 혼혈전사들과 그들의 드래곤들은 형태를 알아볼 수 없을 정도로 검기에 잘리고 잘려 비처럼 구름에서 떨어져 내렸다.

"으압!"

용탄자는 기관총에서 발사된 수백 발의 총탄처럼 날아드는 검기 세례를 피할 엄두가 나지 않아 검은 마력을 이용해 거대한 검은 풍선처럼 생긴 보호막을 시전해 자기 자신은 물론 데쓰무쓰까지 보호했다.

"보호막들을 펼쳐라! 어서!"

용탄자는 검은 보호막을 펼쳐 겨우겨우 검기 세례를 막아 내며 혼혈전사들에게 소리쳤지만 혼혈전사들은 보호막이라는 마법을 펼칠 줄 몰랐다.

그도 그럴 것이 용탄자 역시 본능적으로 알고 있는 마법이 아니었고 웬트람 선생님께 배운 마법이었으니 혼혈전사들이 보호막 마법을 알고 있을 리가 없었다.

"왕자님! 후퇴해야 합니다!"

광역 보호막을 시전하여 달리온과 그 외 30여 명 남짓의 혼혈전사들을 검기 폭풍우에서 보호하며 용탄자의 곁으로 다가온 하게둔이 용탄자에게 소리쳤다.

"다른 녀석들을 구하기는 이미 글렀소! 만약 도망치지 않는다면 우리까지 죽고 말 거요, 왕자!"

검기에 베이고 찢긴 상처투성이로 숨을 몰아쉬는 달리온이 용탄자에게 소리쳤다.

"지금 후퇴한다면 우리들뿐만 아니라 고그락스 바다로 가고 있는 우리들이 지켜 내야 할 사람들까지 몰살을 면치 못합니다!"

"지금 여기에 있다가는 그들과 함께 죽을 수도 없습니다!"

"이런! 젠장!"

용탄자는 용기수들이 만들어 내는 검기 폭풍에 속수무책으로 찢겨 피를 토하며 추락하는 혼혈전사들을 보며 입술을 깨물었다.

"왕자! 어서 도망치십시다! 어서!"

"달리온! 저놈들은 지금까지 우리들과 함께해 온 전사들입니다. 우리들의 형제란 말입니다! 형제들을 죽게 하고 후퇴할 수는 없습니다!"

"다른 방법이 없소, 왕자!"

"데쓰무쓰…… 저 새끼들 다 죽게 만들고 우리만 살지는 말자."

용탄자는 결심한 듯 데쓰무쓰의 목을 만지며 말했다.

"당연하지. 비겁하게 살 바에야 차라리 여기서 죽자!"

데쓰무쓰는 역시 용탄자의 드래곤답게 용탄자와 생각이 다르지 않았다.

데쓰무쓰는 마지막으로 용탄자의 얼굴을 기억하려는 듯 고개를 돌려 용탄자를 쳐다봤다.

용탄자는 숨을 가다듬고 이제 가자는 듯 데쓰무쓰에게 고개를 끄덕였고 데쓰무쓰는 앞으로 나아갔다.

"으아아아아아~"

다음 순간 용탄자는 보호막을 거두고 가까이 보이는 용기수를 향해 데쓰무쓰를 몰아 전속력으로 돌진했다.

슉! 슉! 슉! 슉!

수많은 검기가 온몸에 박혔지만 용탄자와 데쓰무쓰는 이런 것쯤은 아무것도 아니라는 듯 용기수에게 돌진하여 창지팡이로 용기수의 듀알린을 잡은 두 팔을 자르고 무를 뽑 듯 머리채를 잡아 머리를 뽑아 버렸다.

그리고 데쓰무쓰는 뒷발로 용기수 드래곤의 배를 찢어 창자가 흘러내리게 만들어 버렸다.

"이 새끼들을 방패로 삼자!"

용탄자는 머리 뜯긴 용기수의 몸을 앞에 태워 방패처럼 뒤에 숨었고 데쓰무쓰는 배가 홀쭉한 용기수의 드래곤의 양 날개를 앞발로 잡아 앞으로 내세워 그 시체에 몸을 가렸다.

그리고 다른 용기수를 향해 돌진했다.

"던져라!"

용탄자는 데쓰무쓰에게 소리치며 동료들이 내뿜는 검기에 너덜너덜 넝마가 된 용기수의 시체를 집어 던졌고 데쓰무쓰 역시 질세라 죽은 드래곤을 집어 던졌다.

"헉!"

날아오는 시체에 당황하여 피하지 못해 동료의 시체에 맞아 자세가 흐트러지자 용탄자는 곧바로 데쓰무쓰의 등에서 뛰어 용기수의 드래곤 위로 올랐다.

용기수의 드래곤 등에 오른 용탄자는 황급히 자세를 잡은 용기수가 휘두르는 듀알린을 빙글 돌아 피하며 손을 뻗어 용기수의 아래턱을 잡았다.

그리고 있는 힘껏 당겨 아래턱을 뽑아 버렸다.

용탄자의 공격에 하관이 날아가 버린 용기수의 혓바닥이 수염마냥 아래로 축 쳐졌다.

용탄자는 용기수의 축처진 혓바닥 수염을 그의 머리와 함께 잘라 버렸고 용기수의 드래곤의 머리를 생선 머리 씹듯 물어 씹어서 죽인 데쓰무쓰의 앞발에 잡혀 다시 데쓰무쓰의 등에 올랐다.

"저 커다란 덩치의 검은 드래곤과 그 드래곤 라이더에게로 검기를 몰아라!"

구름 속에서 사방으로 검기를 방출하다 부하 용기수들과 드래곤들을 가차 없이 죽여 버리는 살인귀와 다름 없는 용탄자와 데쓰무쓰를 목격한 용기수 수장은 이들을 가리키며 용기수들에게 명령했다.

용기수들은 일제히 모든 검기를 용탄자와 데쓰무쓰를 향해 발산했다.

용탄자는 날아오는 검기 해일을 보고는 황급히 보호막을 펼쳤다.

"왕자님!"

하게둔은 용탄자를 구하기 위해 보호막을 거두고 용기수에게 달려들었다.

"혼혈전사들이여! 그대들을 위해 몸을 던진 왕자님을

구하라! 어서!"

달리온은 용탄자가 모든 주의를 돌리는 바람에 살아 남은 모든 혼혈전사들에게 브레스를 뿜듯 소리쳐 명했고, 혼혈전사들은 용기수들의 검기가 일제히 용탄자를 향한 틈에 서둘러 용기수들을 공격했다.

"으아아아악!"

혼혈전사들은 자기들을 위해 도망치기를 거부하고 죽기를 선택한 용탄자를 구하기 위해 실성한 듯이 고성을 지르며 용기수들에게 달려들었다.

용기수들은 검기에 팔이 잘리면 입으로, 머리가 잘리면 몸통으로 공격해 오는 혼혈전사들의 투기에 습격을 당했을 때만큼이나 당황했고, 당황한 만큼이나 검기 공격을 제대로 펼치지 못했다.

그리고 검기 공격을 펼치지 못하니 그들은 혼혈전사들의 방패날에 목숨을 잃을 수밖에 없었다.

"쿠헉!"

보호막을 겨우겨우 유지하고 있는 용탄자의 입에서 피가 뿜어져 나왔다.

그도 그럴 수밖에 없는 것이 검기 해일을 받아 내는 용탄자의 보호막은 점점 피부가 겨울바람에 갈라지듯 갈라질 수밖에 없었고, 그때마다 더욱 많은 마력으로 보호막을 유지할 수밖에 없었기 때문이다.

다행히 혼혈전사들의 광기스런 활약으로 검기 해일은 검기 파도로 변하더니 점점 작은 파도가 되어 사라졌지만 용탄자는 몸으로 받은 검기 세례와 과다한 마력 사용으로 데쓰무쓰와 함께 정신을 잃고 추락했다.

"왕자님을 구하라!"

하게둔은 용기수의 목뼈에 박아 넣은 창날을 빼며 소리쳤고 혼혈전사들은 너 나 할 것 없이 추락하는 용탄자를 구하기 위해 수직비행을 시작했다.

"으아아악!"

가장 먼저 추락하고 있는 용탄자에게 닿은 하게둔은 드래곤을 몰아 데쓰무쓰 밑으로 내려가 떠받들어 추락 속도를 줄였지만 드래곤들 사이에서 덩치가 가장 큰 데쓰무쓰를 혼자의 힘으로 떠받들기에는 역부족이었다.

다행히 달리온과 혼혈전사들이 드래곤을 몰고 내려와 데쓰무쓰를 함께 떠받들어 겨우 추락 속도를 줄일 수 있었다.

"으으으……."

혼혈전사들이 안도의 한숨을 내쉬고 있을 때 데쓰무

쓰의 위에서 용탄자의 신음 소리가 들려왔다.

"이대로 천천히 땅에 착지해서 죽은 시체들처럼 위장해야 하네! 달리온!"

하게둔은 나머지 용기수들과 구름 속을 살피고 있는 폭군을 발견하고는 달리온에게 턱으로 폭군과 나머지 용기수들이 있는 곳을 가리켰다.

"모두들 구름에서 떨어지는 시체처럼 땅으로 하강한다!"

달리온은 데쓰무쓰와 용탄자를 함께 떠받들고 있는 혼혈전사들에게 명을 내리고 그들과 함께 안 다칠 정도의 속도로 하강했다.

"모두들 시체로 위장해! 어서!"

쿵! 하고 땅에 착지해 보니 사방은 그야말로 시체 천국이었다.

시체에서 흘러나온 피가 곳곳에 내를 이루고 있어 피칠갑한 이들이 시체로 위장하기 아주 그만이었다.

"용기수들에게 퇴각 신호를 보내라!"

폭군 조라크는 방금까지만 해도 전투의 아우성에 시끌시끌하던 구름 속이 잠잠해지자 퇴각 신호를 보내라 명했다.

폭군 조라크의 옆에 있던 용기수는 황제의 명을 수행하고자 퇴각 신호를 알리는 뿔나팔을 불었는데 그 뿔나팔 소리에 돌아오는 용기수는 없었다.

"크아아아악! 고작 반쪽짜리들에게 나 이 조라크의 용기수들이 모두 몰살당했단 말인가! 너희들은 내 아들놈이 없으면 아무짝에도 쓸모없는 놈들이었구나! 내가 직접 저 구름 속에 들어가 내 아들놈의 원수를 죽이겠다!"

용기수 군대가 몰살당했다는 사실이 엄청 분한지 조라크는 붉은 눈썹을 V자로 만들며 구름 속으로 뛰어들려 했는데 용기수들이 황제를 말렸다.

"황제 폐하! 분노를 가라앉히십시오! 졸탄 왕자님께서도 당해 내지 못한 비열하고 잔혹한 혼혈전사들입니다! 저놈들이 구름 밖으로 나오지 않는 것을 보면 구름 속에 분명히 비열한 수를 숨기고 있는 것이 틀림없습니다!"

폭군 조라크는 용기수의 말에 차마 황천길이 숨겨진 구름 속으로는 들어가지 못하고 애꿎은 자신의 드래곤의 목을 주먹으로 내려쳤다.

그 주먹이 얼마나 센지 조라크의 드래곤은 잠깐 고도

를 떨어트렸다가 올라왔다.

"구름이 걷힐 때까지 전진을 멈춘다!"

혼혈전사들이 도대체 무슨 수로 자신의 용기수들을 몰살시켰는지 알 길이 없는 폭군은 결국 구름이 걷힐 때까지 기다리기로 했다.

구름이 걷힌 화창한 하늘에서 아들의 원수를 죽이기로 마음먹고는 혼혈전사들과 그들이 용기수들을 몰살시킬 수 있게 만든 용탄자가 숨어 있는 시체밭에서 멀리 떨어진 곳에 하강하여 야영지를 세웠다.

"이제 돌아가면 될 듯싶네."

폭군의 군대가 하강하는 것을 확인한 하게둔은 이제 한시름 놓았다는 듯 안도의 한숨을 내쉬며 말했다.

"저놈들이 다시 전진해 오면 어떡하나? 우리들이 이곳을 결사항전으로 지켜야 하는게 아니겠나? 비록 병력의 절반 이상을 잃었지만 아직 싸울 수 있는 놈들이 많은데 말이야."

"구름 속에서 용기수들이 모두 몰살당하는 걸 눈으로 목격한 폭군은 이제 하늘에 조그마한 구름만 있어도 전진을 멈추고 일일이 전부 다 확인하게 될 걸세. 전진보다 정지와 정찰을 많이 할 저놈들은 절벽바위 배가 충분히 멀리 떠난 뒤에야 우리 야영지가 있었던 곳에 도착할 수 있을 거야."

"그렇다면 다행이구만!"

달리온은 하게둔의 말을 듣고 나서 그처럼 안도의 한숨을 내쉬었다.

"왕자님! 왕자님!"

하게둔은 피로 물든 용탄자를 흔들어 깨웠다.

"하게둔, 자네 지금 뭐하는 건가? 용기수들과 홀로 일전을 치르신 분이야. 쉬게 놔두게!"

"절벽바위 배가 고그락스 바다로 멀어지기 전에 따라잡으려면 지금 당장 떠나야 해. 자네가 왕자님의 이 큰 드래곤을 절벽바위 배가 있는 곳까지 운반할 자신이 있다면야……."

"왕자! 왕자! 정신 좀 차려 보슈!"

하게둔은 너만 괜찮다면야란 제스처를 취하면서 용탄자를 깨우다 말았는데 달리온은 용기수들의 드래곤 시체 여러 구를 이불 삼아 깔고 누워 있는 데쓰무쓰를 보고는 황급히 용탄자를 깨웠다.

"<u>ㅇㅇㅇㅇ</u>……."

달리온이 몸을 계속 흔들어 대는 통에 깨어난 용탄자

는 졸탄 왕자와 일전을 겨루었을 때보다 더 심하게 온 몸에서 느껴지는 통증에 신음했다.

"왕자님. 지금 당장 배로 떠나야 합니다. 데쓰무쓰를 폴리모프시켜 주신다면 제가 왕자님과 데쓰무쓰를 모시 겠습니다."

"그놈에 왕자님 소리 좀 안 할 수 없어요? 저는 왕자 가 아니라 드래곤스 학생이라구요, 해프리스 선생님!"

하게둔의 말에 용탄자는 지긋지긋한 왕자님 소리를 입에 달고 있는 하게둔에게 불평불만을 해대며 정신을 잃은 데쓰무쓰를 폴리모프시키고 다시 정신을 잃었다.

"저도 드래곤스 생활이 그 어느 때보다 그립습니다만 지금은 한가하게 드래곤스 생활을 즐길 때가 아닌 것 같습니다. 왕자님."

하게둔은 폴리모프한 데쓰무쓰를 용탄자의 호주머니 속에 넣고는 들쳐 엎고 함께 자신의 드래곤의 등에 올 랐다.

"모두들 힘들겠지만 쉬는 건 배에서 쉬자구. 계속 지 체했다간 잘못하면 미아가 되는 수가 있으니까 말이 야."

"살아남은 놈들은 모두 각자의 드래곤에 올라라! 죽

은 놈들은…… 우리가 드래곤 장로님을 데리고 올 때까지 여기서 기다려! 저 붉은 눈썹 놈들을 모조리 죽이고 폭군을 몰아낸 다음에 삐까번쩍한 무덤을 만들어 줄 테니까……."

달리온은 살아남은 전사들과 죽은 전사들 모두에게 명을 내렸고 전사 모두가 그의 명에 따랐다.

"서둘러 이동한다!"

하게둔은 자신의 드래곤을 몰아 하늘로 날아올라 전사들을 이끌고 배가 있을 바다로 비행했다.

3. 폰테인 기사단의 사령관과
   용아족의 진정한 왕

엘바트론의 뜻에 따라 달러스 거리로 날아간 브리스, 웬트람, 제이는 투명 마법으로 모습을 가리고 달러스 거리로 잠입했는데 예전과는 달라도 너무도 달라진 달러스 거리의 모습에 할 말이 없어 침묵할 뿐이었다.

달러스 거리는 드워프들을 모두 몰아내고 거리를 점령한 고블린들이 여기저기 정신사납게 칠해 놓은 그래비티로 예전의 모습이 퇴색되어 버렸고 음악처럼 아름다운 드워프들의 망치 소리는 사라지고 대신 시끄러운 기계 소리만이 가득했다.

드래곤 슬레이어들의 힘을 빌어 거리의 경쟁자였던 드워프들을 모조리 포로로 붙잡은 고블린들은 드워프 포로들을 아이언맥이라는 은행의 거대한 지하 금고인 포지스에 밀어 넣고는 문을 잠궈 버렸다.

고블린들이 온갖 보물과 주괴들을 다 훔쳐 가고 텅텅 빈 포지스에 갇힌 드워프들은 금고 안에서 고블린들에게 온갖 쌍욕을 쉬지 않고 퍼부어 댔는데 덕분에 드워프들을 찾기 위해 아이언맥으로 들어온 세 명에게 금방 발견될 수 있었다.

포지스를 지키는 고블린은 금고 안에서 엄청 크게 들려오는 드워프들의 욕 세례에 귀마개를 한 채 잡지를 읽고 있었는데 아무것도 먹지 못하고 잠만 자다 죽기 직전에서야 눈을 뜰 수 있는 웬트람의 딥슬림 마법에 걸려 곯아떨어졌다.

브리스가 곯아떨어진 고블린의 주머니 속에 있던 열쇠를 꺼내 포지스의 문을 열었다.

왜에에에에에에엥~

포지스의 문이 열리자마자 앰뷸런스의 경적 소리보다 더 큰 굉음이 울려 퍼졌다!

"이런 젠장!"

드워프들은 포지스의 문이 열리자 좋다고 나오다 고 블린들이 달아 놓은 비상벨 소리에 드래곤 슬레이어들 이 어디서 튀어나올까 봐 주변을 두리번거렸다.

"어서 이쪽으로 오세요!"

제이는 황급히 자신의 드래곤을 폴리모프 해제시킨 후 단체 순간 이동을 준비했다.

"드워프 여러분들! 모두 저 드래곤 곁으로 붙어 서 세요!"

브리스는 광석 덩어리들을 굴려 모으듯 드워프들을 제이의 드래곤 곁으로 따닥따닥 붙어 서게 했다.

"젠장! 고블린 놈들 손에서 달러스 거리를 되찾지도 못하고 죽게 생겼구만!"

"이런 우라질!"

"맥주에 밥 말아먹을!"

드워프들은 창지팡이를 꼬나들고 눈 깜짝할 사이 저 멀리 나타난 드래곤 슬레이어를 보고 욕을 해 댔다.

"제이, 저번처럼 스릴 넘치게 하려는 건 알겠는데 조 금 서두르셔야겠어요!"

웬트람은 여섯 날개를 활짝 편 드래곤 슬레이어를 보 고 제이를 재촉했다.

저 드래곤 슬레이어가 날개를 한 번 휘저으면 아마 바로 닿을 것 같았다.

"너무…… 너무 많아서 안 되겠어요!"

제이는 가진 모든 마력을 총동원해 린푼드라로 단체 순간 이동을 시전하려 했지만 600여 명에 달하는 드워프들을 순간 이동시키기에는 마력이 부족했다.

"제이! 이러다간 다 같이 죽어요!"

농담기가 싹 사라진 웬트람의 급박한 말에 제이는 죽을힘을 다해 단체 순간 이동을 감행했지만 도저히 시전할 수 없었다.

"제가 무슨 드래곤스인 줄 아세요? 이 많은 인원을 한번에 이동시키기에는……."

그사이 드래곤 슬레이어가 정말 바로 코앞까지 와 버렸다!

"정말 죄송하지만 저는 이만 물러가 봐야 될 것 같군요! 엘바트론 사령관께 당신을 옆에서 보필하지 못해 미안하다 말씀 전해 주세요."

"설마 당신 이 상황에서 혼자만 살겠다고!"

브리스는 웬트람의 마지막 인사말에 그에게 불같이 화를 내며 그를 붙잡았다.

"뺑이야!"

웬트람은 도망갈 줄 알고 못 도망가게 붙잡는 브리스를 보고 해맑게 웃었다.

이런 위급한 상황에 장난질이라니!

정말 웬트람다웠다.

웬트람은 브리스가 죽이려 들기 전에 얼른 제이의 어깨에 손을 올리고 그녀에게 자신의 모든 마력을 주입시켰다.

"지금이에요, 제이!"

웬트람의 강력한 마력을 받은 제이는 다행히도 드래곤 슬레이어의 창날이 한 드워프의 바위처럼 뭉텅한 코에 닿기 전에 단체 순간 이동에 성공했다.

"이번엔 저번보다 더 아슬아슬 했군요! 정말 조금만 더 지체했으면 다같이 손잡고 저승길 갈 뻔했어요"

웬트람은 가진 모든 마력을 제이한테 주는 바람에 몸에 힘이 모두 빠져 자리에 털썩 주저앉아 버렸다.

"웬트람! 당신이란 사람은 대체!"

브리스는 위기의 순간에 장난질을 한 웬트람에게 욕한 바가지를 하려다 웬트람이 지나친 마력 소비로 피를 주륵 흘리는 모습에 한숨을 내쉬며 손수건을 건넸다.

"드워프 놈들이다!"

순간 이동해 온 드워프들을 본 린푼드라의 우드엘프 여인이 비명을 지르듯 소리쳤고 그 소리를 들은 우드엘프 전사들이 삽시간에 드워프들을 포위했다.

"감히 난쟁이 녀석들이 여기가 어디라고 온 거냐? 우드엘프들의 신성한 숲도시에 그 천한 수염 떨어트리지 말고 썩 꺼져라!"

두나린은 금방에라도 당긴 활시위를 놓아 버릴 기세로 드워프들을 노려보며 소리쳤다.

"하! 역시 비겁한 쫑긋귀놈들 아닐까 봐! 네놈들 손으로 우리를 죽일려고 달러스 거리에서 여기로 데리고 온 거냐? 이런 비열한 짓거리 안 해도 생퀸 그 후레자식 놈하고 같은 종족이란 거 다 안다구!"

드워프들은 외나무다리에서 만난 원수를 쳐다보듯 우드엘프 전사들을 쳐다보며 망치와 도끼를 꺼내 들었다.

"생퀸을 욕보이다니! 드워프! 그대들의 왕족이 패배를 받아들이지 못하고 떼 지어 생퀸을 습격하여 죽여 놓고 어떻게 그런 말을 입에 담을 수 있나요?"

린 여왕은 드워프들의 말에 황당해하며 그들을 손가락질했다.

"너희는 그냥 전사 하나를 잃었을 뿐이지만 우리는 우리를 이끌어 주시던 발룬 폐하와 뛰어난 기술을 가진 왕족 대장장이들 전부를 잃었어! 알기나 해? 그리고 애초에 우리 것을 내줬더라면 그런 일은 없었을 거라구!"

"우리들 것이라니? 이 케이린 숲에 난쟁이들의 것은 없어!"

예의를 중요시 여기는 린 여왕은 드워프들과 말을 섞다 화를 참을 수 없어 더 이상 예의를 차리지 않았다.

"이 세상의 모든 광산은 우리 드워프들의 것이라는 걸 몰랐다니 역시 무식한 쫑긋귀 여왕다워!"

"여왕 폐하! 어서 명을 내려 주십시오! 저 드워프놈들을 모조리 쓸어버리겠습니다!"

"말은 똑바로 해야지! 우리가 뭐 아무 조건도 없이 광산을 요구했어? 광물을 캘 때마다 세금을 매겨서 해마다 갖다준다고 했잖아? 안 그래? 그런데도 너희들은 타아린 광산에서 쫓겨난 우리들을 무슨 침략자 취급하면서 케이린 숲에서 내쫓으려고만 했지? 우리는 떠돌이가 안 되려고 투쟁했을 뿐이야! 고집과 욕심 때문에 우리들하고 전쟁을 한 너희들 하고는 달라!"

"거짓말하지 마! 너희들은 타아린 광산을 가지고 있

었으면서 더 많은 광산을 얻기 위해 우리하고 전쟁을 한 거야!"

"아~ 그렇게 우리를 몰아세워서 너희들은 침략자들을 막기 위해 전쟁을 한 신성한 엘프전사님들이 되시겠다? 역시 쫑긋귀 우두머리답게 머리를 아주 팍!팍!팍! 팍! 잘 굴리는데? 여우가 따로 없네!"

"여왕 폐하! 어서 명을!"

"타아린 광산의 후예들을 우습게 봤다간 너희들의 그 쫑긋귀 다치는 수가 있어! 올 테면 와 봐! 드워프들의 매운 맛을 보여줄 테니까!"

드워프들과 우드엘프 사이의 긴장감은 곧 터져 버릴 풍선처럼 부풀어 오르고 있었다. 누군가가 먼저 조금의 움직임이라도 보이면 바로 전투로 이어질 것 같았다.

크아아아아아아앙~

하지만 신기루 너머에서 들려오는 거대한 생명의 울음소리에 다행스럽게도 전투로 이어지기 전에 드워프들과 우드엘프들 사이의 긴장감은 사라졌다.

그 울음소리를 점점 가까워지면서 린푼드라의 대지를 흔들어 댔다.

"엘바트론!"

드워프들과 우드엘프들 사이에서 누구 편을 들지 몰라 갈팡질팡하던 기사단장들은 신기루를 뚫고 들어오는 드래곤스의 모습에 엘바트론을 소리쳐 불렀다.

신기루를 뚫고 들어온 드래곤스는 대지에 내려와 착지하여 머리를 숙여 땅에 대고 입을 벌렸다.

벌린 드래곤스 입에서 엘바트론이 판타지세계 곳곳에 흩어져 드래곤 슬레이어들에게 사냥당하던 드래곤 라이더들을 이끌고 나왔다.

무지막지하게 거대한 드래곤의 출편에 린푼드라의 모든 우드엘프들은 드래곤스로 몰려들었고 덕분에 드래곤스 주변에는 드워프, 드래곤 라이더, 우드엘프들로 인산인해를 이루게 되었다.

엘바트론은 그렁키를 타고 드래곤스 머리 위로 올라가 섰다.

"판타지세계의 종족들이여! 그대들과 내가 살아가는 이 세계가 지금 드래곤 슬레이어들의 검은 손아귀에 검게 물들어 다시 한 번 기나긴 암흑기가 찾아오려 한다! 드래곤 슬레이어 놈들이 암흑기를 불어와 우리들을 모두 노예로 부려 놈들의 전성기를 불러오려 하고 있단 말이다! 그대들은 노예의 삶을 원하는가? 암흑기가 찾아오는 것을 지켜보며 놈들의 노예로써의 삶을 준비할 생각이냔 말이다!"

브레스를 뿜 듯 소리치는 엘바트론의 말에 모두가 숨죽여 그를 쳐다봤다.

"난 노예가 되어 비참한 삶을 연명할 바에야 자유를 위해 싸우다 기사로 죽음을 맞을 것이다! 폰테인 기사단의 일원으로 자유를 위해 투쟁하다 죽을 것이다! 나와 뜻을 같이하는 자 누구인가? 나와 함께 폰테인 기사단의 기사로서 자유를 위해 싸울자 무릎을 꿇어 기사의 세례를 받으라!"

엘바트론의 말에 드래곤 라이더들은 물론 드워프, 우드엘프들까지도 모두 무릎을 꿇었다.

엘바트론은 그렁키의 등에서 내려와 그들처럼 무릎을 꿇고 기사 세례식을 거행했다.

"용기의 신이시자 기사들의 수호 드래곤신이신 폰테인 그대에게 판타지세계를 위협하는 적들에게 징벌의 철퇴를 내리는 기사로써 우리들이 다시 태어났음을 한쪽 무릎을 꿇어 맹약하오니! 이 자리에서 새롭게 태어난 기사들을 당신의 아들딸로 맞아 심장이 용기로 뛸 수 있게 굽어살피시어 폰테인 기사단의 재창립을 축복

하소서!"

드래곤 라이더, 드워프, 우드엘프는 각자의 종족으로 무릎을 꿇고 기사 세례를 받고 폰테인 기사단의 기사로서 일어났다.

❖　　❖　　❖

결사대가 폭군의 군대를 구름 속에서 잡아 두는 사이 먼 바다로 나온 절벽바위 배는 여전히 멈추지 않고 노잡이들의 날개짓에 고그라스 바다로 향하고 있었다.

"저기! 전사들이 돌아온다!"

결사대가 살아 돌아오기만을 기다리며 하늘을 바라보고 있던 사람들 중 눈이 밝은 여전사가 하늘을 가리키며 외쳤다.

그 소리에 막사에 있던 사람들도 모두 밖으로 나와 돌아온 결사대를 맞았다.

"헉! 헉! 헉……."

동족의 곁으로 돌아온 결사대는 절벽바위 위에 떨어지듯 착륙하여 탈진해 버렸다.

"용탄자! 탄자야!"

달루네는 돌아온 혼혈전사들의 얼굴이 피로 범벅이 되어 있어 그중 누가 누군지 알 수 없어 마음 졸이며 기다린 용탄자의 이름을 불렀다.

"네 남자 살아서 돌아왔으니까 그만 좀 불러 대라!"

아직 깨어나지 못하고 있는 용탄자를 업고 있는 달리온이 딸아이에게 등에 업혀 있는 용탄자의 얼굴을 보여 주었다.

"달리온, 어서 왕자님을 달루네의 막사로 옮겨 주게나."

하게둔은 이제 딸아이가 제일 먼저 찾는 사람이 자기가 아니라는 것에 약간 서운해하는 달리온에게 말했다.

"내가 왜? 이놈에 왕자 확! 갖다 버리고 올 생각인데!"

달루네는 아버지가 용탄자를 진짜 어디 갖다 버리기라도 할까 봐 얼른 용탄자를 꽉 끌어안았다.

달리온은 용탄자와 용탄자에게 매달린 달루네 둘을 업고 달루네 막사로 들어갔다.

"네가 이 아빠보다 더 좋아하는 이놈……. 정말 용아족의 왕좌에 어울릴 만한 전사더구나. 만약 이 녀석이 없었더라면 우리들은 이미 붉은 눈썹 녀석들의 노예가 되어 버렸을 거다."

용탄자를 달루네의 침대에 고이 눕힌 달리온은 용탄자의 얼굴을 빤히 바라보며 흘리듯 말했다.

"용아족의 땅에서 가장 귀하신 분이시니 잘 살펴드려라."

달리온은 당부의 말을 남기고 딸아이 막사를 나와 돌아오지 못한 전사들의 가족들을 위로하였다.

"으으으윽……."

용기수들이 날린 수많은 검기를 몸으로 받아 내 너덜해진 용탄자의 몸은 의식을 차릴 수 있을 정도로 회복하는 데 며칠이 걸렸다.

아무리 왕의 회복력을 지닌 용탄자였어도 이번 구름 속에서의 결사항전에서 얻은 상처를 순식간에 회복할 수는 없었다.

정신을 차린 용탄자는 몸을 움직여 보려다 현기증이 나 다시 베개에 머리를 파묻어야 했다.

"이제 정신이 좀 들어?"

달루네는 용탄자의 품에서 잠을 자다 용탄자의 신음 소리에 깼다.

용탄자의 온몸에 묻은 피를 씻겨 주고 며칠 동안 옆에서 간호해 주다 밤이 되면 용탄자의 품에 파고들어 함께 잠을 잤던 달루네는 서둘러 일어나 용탄자의 상태를 확인했다.

"여기가 어디고?"

용탄자는 다시 겨우겨우 몸을 일으켜 옆에 있는 달루네에게 물었다.

"어디긴 어디야. 우리 막사지……."

달루네는 탁자 위에 놓은 탄산수를 용탄자에게 건넸다.

용탄자는 탄산수를 마시며 갈증을 풀었다.

탄산수를 마시니 멍했던 머리가 조금은 맑아지는 것 같았다.

"역시 살아 있으니까 좋네. 이렇게 내 여자도 다시 만나고."

용탄자는 달루네의 볼에 자기 볼을 부비며 달루네를 꼭 안아 주었다.

"말이라구……."

달루네는 용탄자의 품에 쏙 안겨 기쁨에 몸을 부르르 떨었다.

"지금 어디까지 왔노? 고그락스 바다 근처까지 온 거가?"

용탄자는 막사 밖에서 들려오는 파도 소리에 달루네에게 물었다.

"고그락스 바다 근처가 아니라 고그락스 바다 한가운데네요!"

"뭐고? 내가 도대체 얼마나 잠들어 있었던 거고?"

용탄자가 벌써 고그락스 바다의 한복판에 있다는 달루네의 말에 황당해할 때 막사 밖에서 달리온의 우렁찬 목소리가 들려왔다.

"앞에 보이는 거대한 섬으로 간다!"

용탄자는 달리온의 말에 몸을 겨우겨우 이끌고 막사를 나왔는데 앞으로 거대한 섬이 보였다.

그 섬은 다른 섬들처럼 단단한 바위로 만들어진 것이 아니라 난파선들을 기워 붙여 만든 듯한 특이한 모습을 가지고 있었다.

나무들이 우거진 울창한 숲 대신 부러진 돛들이 서로 뒤엉켜 있었고 부드러운 모래사장과 단단한 육지 대신 난파선의 갑판들이 기워 만든 헛옷처럼 따닥따닥 붙어 울퉁불퉁한 육지 비슷한 발 디딜 곳을 형성하고 있는 곳이었다.

이 섬은 다른 섬들처럼 튼튼하지 않은지 파도에 부딪

칠 때마다 삐걱삐걱대며 이리저리 춤을 추듯 움직여 댔다.

하지만 왠지 모르게 이 섬은 보이는 것보다 단단하고 아늑할 것만 같은 느낌이 들었다.

참 신비로운 섬이었다.

"오! 왕자 일어나셨구만!"

"저기 저 섬이 드래곤 장로께서 있다는 그 섬이에요?"

"아마도 그런 것 같소."

쿵!

잠시 후 절벽바위 배가 거대한 섬에 도착했고 노잡이들이 날개짓을 멈췄다.

"모두들 섬으로 들어간다!"

달리온은 제일 먼저 거대한 섬에 첫발을 내딛고서 말했다.

"어이! 일어났냐?"

용탄자는 달리온을 따라 거대한 섬으로 내리려는데 뒤에서 들려오는 반가운 목소리에 얼른 뒤를 돌아보았다.

"으어~"

데쓰무쓰는 뒤돌아보는 용탄자의 머리 위에 앉아 용

탄자의 머리카락을 둥지 모양으로 정리했다.

"야! 어디서 형님 머리카락을!"

용탄자는 얼른 데쓰무쓰를 머리 위에서 떼어내려 했지만 데쓰무쓰는 용탄자의 머리카락을 꽉 잡고 버텼다.

용탄자와 데쓰무쓰는 서로 반갑다는 표현을 이렇듯 거칠게 했다.

"데쓰무쓰와 티격태격하는 걸 보니 몸이 회복이 되신 모양입니다. 왕자님."

하게둔은 용탄자에게 머리 숙여 인사했다.

용탄자는 자신을 왕자로써 대하는 하게둔이 어색했지만 뭐 말한다고 달라질 하게둔이 아니어서 같이 고개 숙여 인사했다.

"때마침 잘 깨어나셨습니다. 메켄타스 님을 다시 용아족의 땅으로 데려가기 위해서는 왕자님이 꼭 필요할 테니 말입니다."

달리온은 혼혈전사들은 물론 혼혈 일족 모두를 데리고 거대한 섬 안으로 들어갔고 용탄자와 하게둔 역시 그들과 함께 안으로 이동했다.

섬 안은 함선의 내부와 비슷했다.

다른 것이 있다면 진짜 함선의 내부는 끝이 있지만 이 섬의 내부는 끝이 없다는 것이다.

수많은 함선들이 붙어서 만들어진 섬이다 보니 조금 걸으면 다른 함선의 내부가 나왔고 조금 더 걸으면 또 다른 함선의 내부가 나왔다.

이 섬을 돌아다니다 보면 아마 이 세상에 존재하는 모든 함선의 내부를 모두 볼 수 있을 것 같았다.

"도대체 언제까지 걸어야 되는 거고?"

"그러게 아무도 없잖아?"

용탄자와 데쓰무쓰는 가도 가도 끝이 없고 또 비슷비슷한 곳이 계속 나오는 섬을 돌아다니다 옛날 식인 드래곤의 미로 마법이 걸려 있었던 그린포트 마을을 빠져나오지 못했던 기억이 떠올라 불쾌해했다.

드러러러렁~

얼마나 걸었을까, 함선 내부의 끝으로 가니 또 다른 함선 내부가 나왔는데 이번에는 뭔가 좀 달랐다.

웬 늙은이 다섯이 아주아주 오래전에 죽은 선장들이나 썼을 법한 호화스럽지만 낡은 모자를 쓴 채 의자에 앉아서 기다란 테이블에 발을 올리고 잠을 자고 있었다.

"크으으으으으…… 크엉!"

그중 한 명이 자기 코고는 소리에 발작하듯 놀라 깨더니 주변을 두리번거렸다.

"아이구~ 이거 반가운 손님들이 찾아오셨구만그래!"

그러더니 앞에 서 있는 낯선 이들을 보더니 다짜고짜 심하게 반겼다.

"이봐~ 이봐! 좀 일어나 보라구!"

그 늙은이는 잠을 자고 있는 다른 이들을 깨우기 시작했다.

"도대체 왜 그래! 좋은 꿈꾸고 있는데 말이야. 좋은 꿈 꾸기가 얼마나 어려운지 알아?"

"누가 찾아왔어~ 이 영감탱이들아!"

"도대체 누가~"

한참을 그렇게 싸우던 다섯 늙은이는 잠에서 깨어나 섬 안으로 들어온 자들에게 다가갔다.

"도대체 누구시길래 여까지 찾아온 거요~"

다섯 늙은이는 지팡이를 짚고 겨우겨우 걸어와 물었다.

"어…… 메켄타스 님을 뵈러 왔습니다만……."

다섯 늙은이는 달리온을 뚫어지게 쳐다보며 물었고

달리온은 이들에게 여기로 온 목적을 밝혔다.

"자네가 이놈한테 물었어?"

"난 아냐~ 난 뒤에 있는 붉은 눈깔을 하고 있는 놈한테 물었는데?"

"나도 저놈한테 물었는데 왜 이놈이 대답하지?"

"그러게 말이야!"

"거기! 붉은 눈깔에 어린놈! 넌 말 못하는 거냐?"

정말 이상한 늙은이들이었다.

대답하지 않으면 잡아먹을 듯이 달리온을 쳐다보면서 정작 대답은 용탄자에게 얻으려고 하다니…….

"왕자님."

침묵이 길어지자 하게둔은 용탄자의 옆구리를 찔렀다.

"드래곤 장로를 만나러 왔는데요."

용탄자는 늙은이들의 뒤통수에 다 대고 말했다.

"아~ 그놈? 얼마 전에 여기로 왔지. 아마…… 지 자식들 중에 가장 사나운 놈들한테 쫓겨났다지?"

용탄자의 말에 축 처진 눈주름 때문에 눈동자가 보이지 않는 늙은이가 말했다.

"혹시 어딨는지 아세요?"

"어딨는지 알긴 아는데…… 왜? 그놈한테 볼일이라

도 있어?"

"그게……."

"아! 이놈아! 이 사람들 보니까 지금 사정이 급한 모양인데 어서 앞장서!"

"빨리 걸어~ 손님들 떠나 버리기 전에~"

다른 네 늙은이가 눈주름 많은 늙은이를 지팡이로 쿡!쿡! 찔러 대며 재촉했다.

"어여 따라들 와~"

다섯 늙은이는 섬에 온 손님들을 데리고 어디론가로 향했다.

"그런데 그놈은 도대체 찾아서 어따 쓰려고 그래?"

"……."

눈주름이 많은 늙은이가 달리온을 보며 물었지만 아무도 대답하는 사람이 없었다.

달리온이 또 대답하려다 이상한 소리를 들을까 아무 말도 하지 않았고 용탄자와 하게둔은 자기들을 보며 묻는 게 아니라 대답하지 않았다.

"거기 붉은 눈깔 두 명! 내가 묻잖어!"

그제야 용탄자와 하게둔은 자기들에게 물은 거라는 것을 알고

"지금 용아족 섬은 폭군과 그의 일족들 때문에 고통스러워하고 있습니다. 용아족 땅을 고통에서 해방시켜 주실 분은 메켄타스 님밖에 없기 때문에 이렇게 찾는 겁니다."

하게둔이 얼른 대답했다.

"그런데 말이야…… 그놈도 그걸 원할려나?"

"무엇을…… 말입니까?"

"내가 그놈 말을 들어보니까 용아족 섬에 사는 모든 놈들이 다 그놈 자식들이라며? 결국 네놈들은 너희들이 살기 어려우니까 그놈들을 없애 달라는 거 아냐? 하지만 너희들이 없애고 싶은 그놈들도 결국 그놈의 자식들이잖아. 너희들이 그놈의 자식인 것처럼 말이야. 다섯 손가락 깨물어서 안 아픈 손가락이 어딨다구."

눈주름 가득한 늙은이는 이들을 어디론가로 데려가며 넌지시 물었다.

"……."

"붉은 눈썹 일족들 때문에 지금 다른 모든 종족들은 노예가 되거나 아니면 포로가 되었고 그것도 모자라서 용아족의 땅은 오직 한 일족에게만 천국인 제국으로 변해 가고 있다구요. 메켄타스라는 양반이 한 손가락을 깨무는 걸 두려워해서 나머지 네 손가락이 잘려 나가는 걸 보고만 있는 사람이라면 우리는 이대로 용아족 섬으로 되돌아가서 그놈들하고 싸우다 죽을 겁니다."

하게둔이 눈주름 늙은이의 말에 아무런 대꾸도 하지 못하자 보다 못한 용탄자가 나서서 말했다.

용탄자의 대꾸에 눈주름 늙은이는 그제야 용탄자를 보았고 나머지 네 늙은이들 모두 그를 쳐다보았다.

"이제야 시원시원하니 마음에 드는구먼!"

눈주름 늙은이는 용탄자의 말에 웃으며 용탄자를 지팡이로 쿡!쿡!쿡! 찔러 댔다.

"그래⋯⋯. 왕좌에 앉으면 안 되는 그놈을 끌어내리면 너는 왕좌에 앉을 준비가 된 거냐?"

"네?"

용탄자는 갑작스런 질문에 듣지 못한 척 되물었다.

"아! 인석아! 힘 없는 늙은이한테 왜 자꾸 했던 말 또 시키는 거야! 폭군이 왕좌에서 내려오면 넌 그 왕좌에 앉을 준비가 되었느냐 말이야! 용아족 왕으로써 용아족을 다스릴 자신이 있는 거냐구!"

"전 왕이 아닌데요. 그냥 드래곤스 학생이라서 왕좌에 앉지는 못할 것 같⋯⋯."

"이런 썩을 놈! 이 반쪽짜리 용아족 놈들을 이끌고 순수 혈통 용아족인 붉은 눈썹 놈들한테서 여태껏 승리를 거두어 낸 놈이 자기 자신을 모르고 있다는 게 말이 되냐?"

"어떻게 그걸……."

"묻는 말이나 대답해! 네가 만약 왕좌를 비워 둔다면 그릇이 되지 않는 또 다른 놈들이 다시 왕좌에 앉아 폭군이 되고 말 거야! 그러면 지금과 같은 일들이 반복되겠지. 난 그놈이 무의미한 싸움을 하기 위해 용아족 섬으로 돌아가는 걸 원치 않는다."

"제가 왕좌에 앉으면 폭군이 안 된다는 보장이 있나요?"

"너는 그럼 지금까지 뭣 때문에 이 반쪽짜리 용아족 놈들과 죽을힘을 다해 싸운 거냐? 단순히 아군을 얻기 위해서? 아니면 네가 사랑하는 여인을 위해서? 그것도 아니면 살려고?"

눈주름 늙은이의 물음에 용탄자는 바로 드래곤 슬레이어들과 대적하기 위해서라고 대답할 수 없었다.

용탄자는 한참을 뜸 들이다……

"난 그냥 나와 함께하는 이 사람들이 노예가 되는 것

이 싫어서······."

"봐라. 너는 네 백성들을 위해서 피를 흘렸지 않느냐? 네 백성들이 노예로 팔려 가는 것이 싫어서 너는 필사적으로 싸웠던 거야. 다시 한 번 물으마. 너는 왕좌에 앉을 준비가 된 거냐?"

눈주름 늙은이의 물음에 용탄자는 입을 굳게 다물고 생각했다.

"네. 저는 용아족을 잘 다스릴 자신은 없지만 적어도 폭군은 안 될 자신은 있어요."

잠시 후 굳게 다물었던 용탄자의 입이 움직였다.

"그럼 됐어~ 어서 따라오기나 해!"

용탄자의 대답을 들은 눈주름 늙은이는 다른 늙은이들과 함께 일행을 이끌고 함선 내부의 끝으로 향했다.

용탄자는 늙은이들을 따라 함선 내부의 끝으로 가며 이 끝을 지나면 또 다른 함선 내부가 나오겠지라는 생각을 하며 걸었는데 기대와는 달리 밖으로 나오게 되었다.

갑자기 불어오는 바닷바람에 주위를 둘러보았는데 상당히 낯이 익었다.

용탄자는 주변을 두리번거리며 좀 전까지 있었던 거

대한 섬을 찾았지만 그 어디에도 없었다.

그리고 저 앞으로 보이는 잘려진 절벽을 보는 순간 용탄자는 지금 있는 곳이 용아족 섬임을 알게 되었다.

"도대체 어떻게……."

용탄자는 어떻게 이렇게 많은 사람들을 한꺼번에 순간 이동을, 그것도 순간 이동이 되는 줄도 모르게 순식간에 시전했는지 늙은이들에게 물으려 쳐다보았는데 그들의 몸이 커지며 점점 변하고 있어 깜짝 놀랐다.

한낱 늙은이들에 지나지 않았던 그들의 몸이 점점 커지며 단단한 검은 비늘이 돋아났고 등에서 날개가 펼쳐졌으며, 주름 가득한 얼굴은 열 개의 뿔이 머리카락처럼 돋아난 드래곤의 얼굴로 변했다.

이들은 다른 드래곤들과는 다른 게 두 발로 섰는데 좀 전까지만 해도 그냥 할아버지, 할머니들이 짚고 다니는 나무지팡이에 지나지 않았던 창지팡이를 두 팔로 짚고 있었다.

이들 다섯 늙은이 모두 드래곤 라이더를 거부하고 독립적인 존재로서 긴 여생을 살아온 데쓰몰 혈통의 드래곤들이었다.

"정말 너희들 말대로 많은 것이 변해 버렸구나……."

눈주름 늙은이었던 드래곤 장로 메켄타스는 붉은 눈썹 일족의 욕심으로 변해 버린 용아족 땅을 둘러보며 얼굴을 찡그렸다.

"내 아버지 아신께서 살으셨고 나의 형제들과 나의 자식들이 살아왔던 이 땅이 이렇게 변하다니 나의 잘못이 크구나…… 내 그 후레자식놈들을 자식으로 여겨 자비를 베푸는 실수를 범하여 섬과 용아족 모든 이들을 힘들게 했구나."

메켄타스는 변해 버린 부족의 땅을 보며 눈물을 흘렸다.

"내 이 땅을 훼손시키고 내 자식들을 힘들게 한 붉은 눈썹놈들을 모조리 도륙할 것이다!"

메켄타스는 더 이상 붉은 눈썹 일족을 자식으로 여기지 않는 듯 창지팡이를 꽉 거머쥐며 분노했다.

"형제들이여! 나와 함께 창지팡이를 휘둘러 주겠나?"

메켄타스는 두 발로 선 데쓰몰 혈통의 드래곤들에게 분노로 가득한 자신의 눈을 보여주며 물었다.

"우리들이야 네 소환에 응하여 이 세계로 올 때부터 너를 따르고 있었거늘 새삼스레 묻지 말고 앞장서시게."

메켄타스는 그들의 말에 고개를 끄덕였다.

그리고 용탄자를 바라보았다.

"왕이시여! 우리 다섯 드래곤 장로들은 그대를 따라 제국과 제국의 주인들을 벌하겠으니 우리를 이끄소서!"

"어…… 그게……!"

처음에는 왕자라더니 이제는 왕이라는 말에 용탄자는 어쩔 줄 몰라 했다.

메켄타스는 우물쭈물거리는 왕을 보고만 있을 수 없는지 그를 한 손으로 잡아 들어 올려 손바닥 위에 세웠다.

"에라 모르겠다!"

하게둔은 물론 혼혈 일족, 다섯 드래곤 장로까지 모두 자신을 바라보고 있는 통에 무슨 말이라도 해야 될 것 같아 될 대로 되라는 심정으로 말했다.

"전사들이여! 그대들과 나는 비록 피를 나눈 친형제는 아닐지라도 그대들과 나는! 전장을 누비며 함께 피를 흘린 형제들이다! 몇 달 전에 우리를 생각해 보라! 우리는 붉은 눈썹 놈들에게 쫓기는 도망자에 지나지 않았다. 하지만 우리는 도망치지 않았다!"

우우우우!

용탄자의 한마디 한마디가 혼혈 일족의 가슴을 전장에 대한 갈망으로 뛰게 만들어 그들을 사나운 늑대처럼 울부짖게 만들었다.

"우리는 그들을 두려워하지 않았다. 우리는 자유와 이 땅을 되찾고자 싸우는 신성한 전사가 되어 그들을 패배시켰고 제국의 왕자의 목을 취했다! 그리고! 이 자리에 메켄타스 님과 메켄타스 님의 형제분들과 함께 전장을 누빌 수 있는 영광스런 기회를 얻었다! 형제들이여! 다시 한 번 우리를 부르는 전장으로 나아가자!"

"우! 우! 우! 우! 우! 우!"

다섯 드래곤 장로 역시 용탄자의 말에 벅차오르는 가슴을 때리며 울부짖었다.

"제국이 무너질 때까지 우리는 쉬지 않고 적들을 죽여 없앨 것이다! 오직 폭군의 피만이 우리를 멈춰 세울 수 있으리라! 전진! 전진하라!"

용탄자는 어느새 날아온 데쓰무쓰의 등에 올라 창지팡이를 높게 들며 힘껏 소리쳤다. 그리고 곧장 제국의 성벽으로 향했고 그 뒤를 왕의 군대가 따랐다.

며칠 뒤 제국의 황궁으로 아주 놀란 만한 소식이 날아든다.

"뭐라? 제국의 성벽이 무너지고 성벽의 노예들이 모두 풀려났다니! 어디서 개소리를 짓거리고 있는 거냐?"

왕좌에 앉아 보고를 받은 폭군 조라크는 소식을 가져온 성벽의 붉은 눈썹 전사를 그 자리에서 죽여 버릴 듯이 화를 냈다.

"용탄자라는 붉은 눈을 가진 자가 혼혈 일족을 이끌고 성벽으로 쳐들어와 우리 전사들을 모조리 도륙내고 노예들을 풀어 전사로 만들어 버리는 통에 눈덩이처럼 불어난 혼혈 일족 군대를 도저히 당해 낼 수가 없었습니다."

"붉은 눈 일족의 군대도 아니고 고작 반쪽짜리 전사들을 막지 못해 성벽이 무너지는 것을 막지 못했다는 거냐? 너희가 그러고도 붉은 눈썹 전사들이라고 할 수 있는 거냐!"

"그뿐만이 아니었습니다. 메켄타스 님께서 우리들을 버리셨습니다."

"드래곤 장로가 용아족 땅으로 돌아왔단 말이냐?"

"형제분들과 같이 돌아오셔서 우리 붉은 눈썹 전사들을 일말의 망설임도 없이 죽여 버리셨습니다."

"당장……"

"적군이 나타났다!"

조라크는 그제야 사태의 심각성을 파악하고 무슨 수를 쓰려 했지만 때는 늦어 버렸다.

왕자가 빼앗긴 선대의 왕좌를 되찾고자 군대를 이끌고 앞을 막는 자들은 누구를 막론하고 죽이며 황궁으로 진격해 들어왔다.

"너는 그때!"

조라크는 혼혈전사들은 물론 다섯 드래곤 장로까지 이끌고 황궁으로 들어온 맨 앞에 선 자의 얼굴을 알아보았다.

분명 몇 주 전 혼혈 일족을 섬멸하러 그들의 야영지로 향하던 하늘에서 갑자기 구름을 뚫고 튀어나와 아들의 머리를 던져 주었던 그자였다.

"오늘은 니 머리를 잘라서 니한테 줄 테니까 빨리 왕좌에서 내려온나, 이 폭군 새끼야!"

용탄자는 붉은 눈썹 전사들의 붉은 눈썹과 머리를 잘라 내느라 이미 붉은 창날을 폭군에게 겨누며 호기롭게 소리쳤다.

자신이 직접 왕좌에서 끌어내린 붉은 눈 일족의 왕 용리얀과 너무나 닮은 용탄자의 모습에 조라크는 붉은 눈썹이 더욱 붉게 보일 정도로 인상을 쓰고 왕좌의 옆에 세워 둔 듀알린 잡고 왕좌에서 일어나 천천히 계단을 따라 내려왔다.

"왕좌를 얻기 위해서는 왕좌에 앉은 이를 직접 끌어내려야 하네. 여기서부턴 우리가 힘이 되어 줄 수 없소. 왕이시여."

메켄타스는 창지팡이를 비스듬히 꼬나 들고 폭군에게로 천천히 걸어가는 용탄자에게 말했다.

"모두들 뒤로 물러서라! 폭군의 머리를 나 스스로 취할 것이다!"

용탄자는 함께 폭군에게 다가가려는 하게둔과 달리온 그리고 많은 혼혈 일족에게 소리쳐 그들을 뒤로 물렸다.

"죽더라도 네 아들 원수는 갚고 죽을 수 있겠구만!"

조라크는 양손에 든 듀알린을 하나로 만들어 빙글 돌리며 점점 빠른 걸음으로 용탄자에게 다가갔다.

"개소리하지 말고 덤벼라!"

용탄자는 한쪽 입꼬리를 올려 폭군을 비웃으며 그에게 돌진해 창날을 휘둘렀다.

챙!

폭군은 정확히 목을 향해 날아드는 용탄자의 창날을 피하지 않고 듀알린을 휘둘러 막아 냈고 두 개의 날이 부딪히며 불똥을 뱉어 냈다.

"흐압!"

용탄자는 있는 힘껏 듀알린을 밀어내고 창지팡이를 순식간에 돌려 지팡이 보석을 조라크에게 겨냥했다.

조라크는 지팡이 보석이 자신을 겨냥하고 있는 것을 본 순간 듀알린을 휘둘러 검기를 보호막처럼 펼쳐 다음 순간에 날아든 용탄자의 검은 번개를 막아 낸 후 검기를 날카롭게 벼려 용탄자의 복부로 날렸다.

부채살처럼 생긴 날아오는 검기를 그대로 맞았다간 분명 몸이 두동강이 날 것이 뻔했다.

용탄자는 얼른 마력을 복부로 모아 복부를 갑옷처럼 단단하게 만들어 달려 나가 검기를 그대로 복부로 받아 냄과 동시에 가까이 돌진해 올 것을 전혀 예상하지 못한 조라크의 머리를 주먹으로 후려쳤다.

뻑!

주먹질로 조라크의 자세를 흩뜨린 용탄자는 창지팡이를 어깨에 짊어지고 한 바퀴 돌아 창날을 조라크의 붉은 눈썹을 향해 휘둘렀다.

"으억!"

조라크는 간신히 상체를 뒤로 젖히며 물러서 윗머리 부분이 뚜껑처럼 날아가는 것은 피했지만 붉은 눈썹이 창날에 베어 피가 뚝뚝! 흘러내렸다.

"으아아아아~"

더 이상 붉을 수 없을 정도로 붉디붉은 붉은 눈썹이 된 조라크는 듀알린을 분리하여 한 손에 하나씩 들고 양팔을 벌려 포효하며 온몸을 붉게 물들였다.

정말 살기가 이슬이 온몸에 맺히듯 진하게 맺혀 보는 이로 하여금 두려움을 자아내게 만들었다.

붉은 눈썹 전사들이 어떻게 왕족이 될 수 있었는지를 조라크가 몸소 보여 주고 있었다.

"죽어라! 붉은 눈 미꾸라지야!"

조라크는 양손에 든 듀알린을 사자가 네 발로 사슴을 사냥하듯 휘둘러 댔는데 어마어마한 양의 붉은 검기들이 날뛰듯 조라크의 듀알린에서 뛰쳐나와 용탄자에게로 향했다.

용탄자는 춤을 추듯 이리저리 몸을 움직여 피할 수 있는 검기는 피했고 피할 수 없는 검기는 창지팡이를 휘둘러 쳐 내며 붉은 검기 세례가 끝나기를 기다렸지만 검기들은 끝날 줄 모르고 계속해서 용탄자에게 날아들었다.

조라크가 얼마나 팔을 빨리 움직이며 검기를 날려 대는지 조라크의 팔이 두 개가 아니라 아수라처럼 8개로 보일 지경이었다.

콰직!

붉은 검기들을 힘겹게 쳐 내던 용탄자의 창지팡이가 검기의 힘을 견디지 못하고 부러져 버렸다.

정확히 졸탄 왕자의 듀알린에 부러졌던 부분이 다시 한 번 부러져 버리고 만 것이다.

"이런……!"

용탄자는 부러져 버린 창지팡이를 땅바닥에 내던지고 뒤로 물러서며 붉은 검기들을 피했지만 적의 약점을 놓칠 조라크가 아니었다.

조라크는 용탄자에게 돌진하며 듀알린을 다시 하나로 만들어 초당 10번을 움직여 2초만에 20개의 붉은 검기를 용탄자에게 날렸다.

"크아아악!"

코앞에 날아든 20개의 검기에 용탄자는 본능적으로 발휘된 움직임으로 12개를 흘려보냈지만 8개의 검기를 맞아 버렸다.

붉은 검기에 베인 용탄자는 오른쪽 가슴에서 뚝뚝 흘러내리는 피를 손으로 받으며 주저앉아 버렸다.

"쓸쓸한 저승길 동무가 생겨서 좋구나!"

조라크는 거친 숨을 몰아쉬며 쓰러진 용탄자에게 다가갔다.

"왕자님!"

"네놈은 절대 왕자님을 죽일 수 없다!"

용탄자가 위기를 맞자 전투를 지켜보던 하게둔과 달리온이 폭군에게 달려들려 했지만 메켄타스가 막았다.

"왕께서는 혼자의 힘으로 왕좌에 올라야 하네!"

하게둔과 달리온을 말리는 메켄타스의 말을 들은 조라크는 피비린내가 날 법한 비릿한 웃음을 지으며 용탄자에게 다가갔다.

"일어나려 발버둥 치지 마라! 소용없으니 말이야!"

조라크는 쓰러진 몸을 일으키려는 용탄자에게 소리치며 더 가까이 다가갔다.

"죽어라!"

쓰러진 용탄자를 내려다보며 조라크는 소리치며 듀알린을 높이 치켜들었다.

"죽기는 누가 죽어!"

용탄자는 손으로 받은 자신의 피를 조라크의 눈에 힘껏 뿌렸다.

갑작스럽게 눈에 피를 맞아 앞이 보이지 않게 된 조라크는 눈 속에 들어간 피를 급히 닦느라 듀알린을 놓치고 말았다.

"흐압!"

용탄자는 본능이 시키는 대로 뒤돌아 눈에 묻은 피를 닦아 내고 있는 조라크에게 한 손을 뻗었는데 갑자기 조라크의 오른쪽 허공에서 커다란 검은 손이 튀어나와 조라크의 오른팔을 잡았다.

그리고 용탄자가 나머지 한 손을 뻗자 이번에는 조라크의 왼쪽 허공에서 커다란 검은 손이 튀어나와 조라크의 왼팔을 잡아 버렸다.

"잠깐! 잠깐!"

갑자기 어디선가 나타난 검은 손 두 개에 양팔이 잡힌 조라크는 잠깐이라고 외치면 시간이라도 멈춰질 것처럼 잠깐을 외치며 팔을 빼려 안간힘을 썼지만 검은 손에게 한 번 붙잡힌 팔을 빠지지 않았다.

"잘 가라! 이 폭군 새끼야!"

용탄자는 허공에 뻗은 양손에 잡은 무언가를 찢어 버리듯 양팔을 서로 반대 방향으로 펼쳤고 용탄자의 손을 따라 조라크의 양팔을 붙잡고 있던 두 개의 검은 손은 거리가 벌어지며 조라크의 몸을 천 조각을 찢듯 찢어 버렸다.

툭! 툭…….

검은 손에 찢어진 조라크의 몸 왼쪽 부분과 오른쪽 부분이 검은 손이 사라짐과 동시에 둔탁한 소리를 내며 땅바닥에 널브러져 물고기마냥 파닥파닥 경련을 일으켰다.

"후우……. 그 애비에 그 자식이라더니 졸탄 왕자가 엄청 지랄 맞게 센 데는 다 이유가 있었구만."

용탄자는 몸의 회복에 신경을 집중하여 왕의 회복 능력으로 상처를 치유하며 자리에서 일어났다.

"조라크! 크아아아앙!"

점점 경련이 잦아들며 피를 흥건히 쏟아 내는 조라크의 두 개의 시체 조각을 본 조라크의 드래곤이 폴리모프를 풀고 용탄자에게 달려들었다.

"크아아아앙!"

조라크의 드래곤은 용탄자를 물어뜯으려 입을 크게

벌렸지만 입속으로 들어온 것은 용탄자가 아니라 데쓰무쓰의 앞발이었다.

"감히 누구를 죽일려고!"

조라크의 드래곤이 용탄자를 공격하려 하자 데쓰무쓰가 얼른 폴리모프를 풀고 용탄자의 앞을 막아서서 조라크의 드래곤의 크게 벌린 입에 앞발을 집어넣어 식도를 찢어 식도 뒤편에 있는 목뼈를 움켜잡아 꺾어 버렸다.

털썩!

데쓰무쓰의 앞발에 목뼈가 부러진 조라크의 드래곤은 그 자리에서 즉사하여 눈도 감지 못하고 죽어 머리를 땅바닥에 떨구었다.

눈 감을 시간도 주지 않고 드래곤 한 마리를 순식간에 죽인 데쓰무쓰는 눈을 시퍼렇게 뜨고 있는 드래곤 시체의 입에서 앞발을 빼내 가볍게 흔들어 묻은 피를 털어 냈다.

"오~ 잘 싸우는데? 역시 이 형님을 지키는 건 내 부하, 오골계밖에 없어."

"야 이……."

데쓰무쓰는 평소 때처럼 퍼부어 줄려다 용탄자를 내려다보고 있는 왕좌가 보였다.

"흥! 이번에는 이 형님만큼은 아니더라도 쬐금 잘 싸웠으니까 봐줄게. 애송아."

데쓰무쓰는 그렇게 말하며 비어 있는 왕좌를 턱으로 가리켰다.

그러자 용탄자가 뒤돌아 왕좌를 보더니 다시 데쓰무쓰를 보며 머리를 두드렸다.

"흥!"

데쓰무쓰는 용탄자가 자신을 폴리모프시키자 바로 용탄자의 머리 위에 앉았다.

데쓰무쓰는 이번에는 용탄자의 머리카락을 둥지 삼아 잠을 자지 않고 멋진 모습으로 서 있었는데 용탄자는 드래곤의 모습을 본떠 만든 아주 멋진 투구를 쓴 것처럼 위용스러워졌다.

"그럼 가 볼까나?"

용탄자는 한 걸음 한 걸음 당당하게 왕좌로 향했다.

왕좌의 바로 앞까지 도달한 용탄자는 왕좌를 물끄러미 쳐다봤다.

"뭐해? 어서 안 앉고?"

"난 드래곤스의 내 기숙사방에 있는 말하는 소파가 더 좋은데 여기에 앉아야 되나?"

"그럼 도대체 폭군 놈은 왜 죽인 거냐?"

"그야…… 용아족을 구하기 위해서……."

"용아족을 진짜로 구할려면 네가 왕좌에 앉는 수밖에 없어, 애송아. 드래곤 장로가 하는 말 못 들었냐? 네가 이 자리에 안 앉으면 다른 폭군이 생긴다잖아."

"그렇것제?"

"왕자님. 어렵게 취하신 왕좌에 왜 앉지 않으시는 겁니까?"

하게둔은 왕좌를 마주 보고 우두커니 서 있는 용탄자에게 물었다.

용탄자는 뒤돌아 하게둔을 쳐다보며

"저는 왕자가 아니에요."

"젠장! 여기까지 와 놓고 또 그 소리냐!"

하게둔은 드래곤스 학생 용탄자에게 선생님 해프리스로서 호통쳤다.

용탄자는 하게둔의 호통에 피식 웃더니

"저는 이제 왕자가 아니라 용아족을 이끄는 왕입니다. 대전사."

왕좌에 앉았다.

용탄자는 왕좌에 앉는 순간 있어야 할 곳에 있는 듯

한 편안함이 느껴졌다.

정당한 왕이 왕좌에 앉자 왕의 전사들은 물론 다섯 드래곤 장로까지 무릎을 꿇어 새로이 태어난 왕에게 충성을 맹세했다.

"용아족의 아들딸들이여! 너희들의 왕의 목소리를 들으라!"

용탄자는 왕좌에서 일어나 그들 앞에 당당히 서서 소리쳤다.

"지금 밖에서는 판타지세계는 물론 현실세계와 심지어 이곳 우리들이 사는 태초의 세계까지 집어삼키려는 드래곤 슬레이어들이 일어나 곳곳을 파괴하고 있다. 그들은 감히! 우리들의 영역인 하늘을 마치 자기들 것이라도 되는 듯 누비며 어둠과 공포를 퍼트리며 암흑기를 불러오려 하고 있다. 우리들이 그 오만한 놈들에게 하늘의 주인이 누구인지를 가르쳐 주자! 용맹과 힘으로 붉은 우리들이 얼마나 무섭고 잔혹한 전사들인지 우리의 하늘을 점령한 드래곤 슬레이어들에게 알려 주잔 말이다!"

"우! 우! 우! 우!"

용탄자의 말에 그의 전사들은 심장을 두드리며 울부

짖었다.

"우리 용아족 전사들은 감히 우리의 하늘을 탐하려
한 드래곤 슬레이어들의 사지를 갈가리 찢어 하늘을 붉
게 물들일 것이다!"

4. 재회

용탄자 엄마는 드래곤스의 방학 기간임에도 불구하고 아들이 집으로 오지 않아 걱정을 하고 있었다.

　"트래퍼스 집으로 갔나……."

　용탄자 엄마는 원고 마감일 때문에 노트북을 두드리고 있었지만 일이 손에 잡히지 않았다.

　"트래퍼스 집으로 가면 간다고 전화라도 할 것이지!"

　용탄자 엄마는 아무 연락도 없는 아들에 화가 나 괜히 키보드를 마구마구 성질대로 눌러 노트북에 화풀이를 해 댔다.

딩동! 딩동!

노트북에 알아듣지 못할 외계어가 마구마구 쓰여졌을 때 벨이 울렸다.

"호랑이도 제 말하면 온다더니…… 양반은 못되겠구만. 용탄자 씨!"

용탄자 엄마는 아무 연락도 없다가 이제야 집으로 기어들어 온 용탄자에게 한껏 퍼부으려 씩씩대며 현관문으로 가 문을 열었는데 밖에서 벨을 누른 사람은 용탄자가 아니었다.

"요, 용아린?"

용탄자 엄마는, 아니, 이세린은 십 몇 년 만에 다시 나타난 사무치도록 그리워했던 남편의 등장에 어쩔 줄 몰라했다.

"이세린!"

예전의 인간 모습으로 폴리모프한 다크 메인은 이세린을 꽉 끌어안았다.

"내 당신을 다시 만나고자 얼마나 멀고 고통스러운 길을 돌아왔는지 아시오?"

이세린은 돌아온 남편이 얼떨떨하여 그의 품에 안겨 있다 남편을 꼭 끌어안아 주었다.

그런데 꼭 안은 남편이 마치 예전의 용아린이 아닌 것 같았다.

뭔가 달라져 있어 낯설게 느껴졌다.

"탄자가 태어나자마자 우리를 버려 두고 도대체 어디서 무엇을 하다가 지금에서야 나타난 거예요?"

이세린은 다크 메인의 품에서 빠져나와 그를 쳐다보며 따지듯 물었다.

"당신과 내 아들을 지키기 위해서였소. 만약 내가 떠나 여러 일들을 처리하지 않았더라면 당신과 내 아들은 아직도 픽시드 정부의 감시를 받으며 죄인처럼 갇혀 살았을 거요. 우리가 병영에 있던 그 빌라에서 갇혀 살았던 것을 벌써 잊은 거요?"

"하지만 전 당신이 내 옆에 있던 그때가 지금보다 더 행복했다구요!"

이세린은 울먹이여 소리쳤다.

"미안하오······. 이제부터 당신과 내 아들에게 헌신하며 살 테니 울지 마시오."

다크 메인은 이세린의 볼에 흐르는 눈물을 닦아 주었다.

"내 당신을 위해 당신이 그렇게 보고 싶어 하고 원했

던 판타지세계를 정복하여 당신을 판타지세계의 여왕으로 만들어 주겠소. 그리고 용아족 왕족의 피가 흐르는 내 아들을 위해서 용아족의 폭군과 그 졸개들을 끌어내리고 왕좌에 내 아들을 앉힐 테니."

다크 메인은 다시 한 번 아세린을 끌어안으며 말했다.

"내 아들 용탄자는 어디에 있소?"

"아직 드래곤스에서 안 돌아왔어요. 이번 학기는 조금 늦게 끝나나 봐요."

이세린은 예전처럼 따뜻하고 포근하지 않은 남편의 품에서 약간은 불편해하며 말했다.

"드래곤스?"

다크 메인은 용탄자가 드래곤스의 학생이라는 말에 이세린을 쳐다보며 다시 물었다.

"용탄자가 드래곤스에 재학 중이란 말이오?"

"네…… 왜 그러세요?"

다크 메인은 아들이 엘비스의 가르침을 받고 있었다는 말에 충격을 받았다.

"어떻게 용탄자가 드래곤스에……."

"저는 사실 드래곤스의 교장 선생님이 당신인 줄 알

있어요……. 우리를 버린 당신이 아들이 보고 싶어서 드래곤스로 초대한 줄……."

"난 당신과 내 아들을 버린 적이 없소! 오히려 당신과 내 아들을 위해 많은 것을 희생하며 지금껏 살아왔단 말이오!"

오직 이세린과 용탄자를 위해 지옥의 악마인 드래곤 요리사에게 영혼을 팔아 요리법을 얻어 자신의 드래곤을 먹어치우고 드래곤 슬레이어 다크 메인이 되어 수많은 일들을 겪어 온 용아린은 충격과 화에 휩싸여 겨우겨우 드래곤 슬레이어의 힘을 억제하며 시전 중인 폴리모프가 풀려 버렸다.

"으윽!"

폴리모프가 해제되어 등에서 다시 여섯 날개가 솟아났고 갑옷 같은 검은 비늘이 솟아났다.

마침 텔레비전에서 워싱턴 D.C를 점령한 외계 생명체에 관한 뉴스가 흘러나왔다.

"현지에 나와 있는 이 기자입니다! 지금 워싱턴 D.C는 검은 괴생명체에게 점령을 당한 상태입니다! 저기! 여섯 개의 날개를 가진 외계 생명체가 보이는군요! 현재 미국 대통령은 간신히 백악관을 나와 다른 곳에 피신한 상태라고 합니다! 어디로 피신했는지는 안전상 밝히지 않았는데요. 워싱턴 D.C에서 대통령을 몰아낸 저 외계 생명체들의 목적이 과연 무엇일까요? 조금만 더 가까이에서……."

"우, 우, 우릴 봤어!"

"카메라 팀! 오디오 물리게 하지 말고 저걸 잘 찍으세…… 아아아아아아악!"

워싱턴으로 특파를 나간 기자가 드래곤 슬레이어에게 참살당하는 장면이 생방송으로 TV에 중계되었고 잠시 후 참상을 찍은 카메라맨 역시 드래곤 슬레이어에게 죽임을 당하여 카메라는 땅바닥에 떨어져 피로 질펀한 땅바닥을 시청자들에게 중계했다.

"다, 당신이었나요? 지금 세계 곳곳을 지배하려고 하는 저 검은 드래곤들을 이끄는 자가?!"

이세린은 본모습을 드러낸 다크 메인에게서 뒷걸음질 치며 믿을 수 없다는 듯 크게 뜬 눈으로 눈물을 흘렸다.

"이세린…… 멀어지지 마시오. 난 당신과 용탄자를 위해서……."

다크 메인은 멀어지려는 이세린에게 다가가 드래곤 슬레이어의 검은 손아귀를 뻗어 이세린의 손을 잡았지

만 그녀는 뿌리치며

"거짓말하지 마! 넌 내가 사랑한 용아린이 아니야! 용아린은 현실세계를 지키려 했던 좋은 사람이야! 너처럼 현실세계의 사람들을 학살하고 지배하려 드는 괴물이 아니었어! 그이가 생명을 얼마나 귀하게 여겼는데! 넌 분명히 용아린을 흉내 내고 있는 검은 드래곤의 수장일 뿐이야."

"이세린! 나요! 나 용아린이란 말이오!"

다크 메인은 자신을 몰라주는 이세린에게 다가가며 다시 폴리모프하여 예전의 모습을 보여 주었지만 그녀는 고개를 흔들었다.

"아니야! 내가 기억하는 용아린이 아니야! 넌 용아린을 흉내 내는 흉측한 검은 드래곤일 뿐이야! 난 알고 있어. 그 사람의 온기, 냄새, 인상! 그 어느것 하나 네게서 느껴지는 게 없다구! 어서 내 집에서 나가! 이 흉측한 괴물아!"

이세린은 다크 메인을 밀치며 그를 집에서 쫓아내려 했다.

"난 두 번 다시 당신과 내 아들을 잃을 순 없소. 당신 역시 내게서 당신을 빼앗아 갈 순 없소. 오늘은 그

만 가 보겠소. 나중에 다시 왔을 때는 부디 당신의 남
편을 한눈에 알아봐 주시오……."

다크 메인은 자신을 용아린을 흉내 내는 검은 드래곤
으로 여기는 이세린을 붉은 눈에 담으며 아파트를 나왔
다.

❖　　　❖　　　❖

신기루로 모습을 숨긴 린푼드라에 주둔한 폰테인 기
사단은 전쟁터로 나아가기 위해 막바지 준비가 한창이
었다.

린 여왕의 허락으로 케이린 숲의 광산 출입을 허가받
은 드워프들은 땅굴을 파서 케이린 숲을 태우며 그 속
에 숨어 있을 우드엘프들을 찾고 있는 드래곤 슬레이어
들을 피해 광산에 도달할 수 있었고 광맥을 캐냈다.

이렇게 캐낸 광물은 폰테인 기사단의 드래곤 라이더
들을 드래곤 나이트로 만드는데 쓰였는데 드워프들은
드래곤 아머에 드래곤 나이트가 탑승은 물론 4명의 우
드엘프 궁수들과 2명의 드워프 포병까지 탑승할 수 있
도록 만들어 드래곤 나이트들의 힘을 강화시켰다.

또한 달러스 거리에서 도망쳐 나올 때 빼내 온 노움의 정밀 기계 도면을 이용하여 정밀 조준이 가능한 활과 휴대용 캐논을 만들어 내 드래곤 나이트의 드래곤에 오른 우드엘프와 드워프들이 격렬하게 움직이는 드래곤 위에서 적을 정밀하게 타격할 수 있도록 만들었다.

　위이이잉!

　"음! 잘 작동되는구만!"

　"드워프! 내 날개 갑옷 옆에 붙은 게 뭐야?"

　드워프가 입혀 주는 갑옷을 입고 있던 드래곤이 등에 들려오는 엔진 소리에 드워프에게 물었다.

　팅! 팅!

　"이거?"

　드워프는 날개가 등에 붙어 있는 부분에 부착되어 있는 엔진을 망치로 두드리며

　"드래곤 아머에 네 드래곤 나이트에 우리 드워프 둘에 우드엘프 넷을 태우고 너 날 수 있어? 아무리 드래곤이지만 그건 힘들지. 그래서 네 날개 힘을 비약적으로 높여 주는 날개 엔진이란 말씀! 네가 날개를 움직이면 이 녀석이 작동하면서 날개 갑옷을 통해서 네 날개 힘을 몇 배 이상으로 향상시켜 주는 멋진 놈이지."

"아~"

드워프는 다시 작업에 착수하여 각 날개에 붙어 있는 각 엔진을 점검했다.

그다음 날개 갑옷 안에 내장되어 있는 최신식 감속 날개의 작동 여부를 체크하고는

"작업 완료!"

를 외치며 드래곤의 등에서 내려와 아직 작업을 마치지 못한 드래곤의 등에 올라 동료 드워프와 함께 망치질을 했다.

따당! 따당! 따당!

린푼드라의 주변으로 포진되어 작은 숲을 이루고 있던 나무들은 모두 밀려 넓은 터로 변해 폰테인 기사단의 드래곤 나이트들을 준비시키기 위한 작업소가 되어 있었다.

드래곤 나이트들의 드래곤들이 넓은 터에 정열해 있었고 드워프들은 쉬지 않고 망치질을 하며 그들을 진정한 드래곤 나이트들의 드래곤으로 만드는데 박차를 가하고 있었다.

며칠 뒤 린푼드라의 넓은 터에는 준비를 모두 마친 드래곤 나이트들이 정열해 있게 되었다.

드워프 전사들과 우드엘프 궁수들 역시 이들의 드래곤에 탑승을 마친 상태였다.

이들은 사령관의 명을 기다리고 있었다.

이들의 사령관 엘바트론은 지금 우드엘프의 여왕에게 인사를 드리고자 린푼드라 안 여왕의 정원에 있었다.

"분열되어 있던 판타지세계의 종족들을 하나로 뭉쳐 저렇듯 강력한 기사단을 꾸리다니 정말 엘비스의 아들다워."

린 여왕은 여왕의 정원에서 넓은 터에 정열한 기사단을 내려다보며 감탄했다.

"아마 제 아버지께서 살아 계셨다면 훨씬 더 강력한 폰테인 기사단이 되었을 테죠……."

"아니, 네 아버지도 지금의 너만큼 잘해 내지 못했을 거다."

"그랬을까요?"

린 여왕은 아버지에게서 물려받은 플레이트 자켓을 달러스 거리의 최고의 드워프 장인이 개조하여 만든 플레이트 아머를 입고 있는 엘바트론에게 다가가 그의 양손을 잡고 눈을 쳐다보며

"폰테인 기사단의 사령관 엘바트론. 내게 내려진 모

든 축복과 행운을 그대에게 바쳐 그대의 승리를 기원합
니다."

엘바트론은 이모님의 기도에 고개 숙여 감사를 표했
다.

"사령관님, 모두 준비를 끝마치고 명을 기다리고 있
습니다."

여왕의 정원으로 브리스 기사단장이 들어와 고했다.

엘바트론은 어느덧 자신을 사령관으로 모시는 브리스
기사단장을 보며 지어지는 미소를 볼자카르 투구를 써
감추었다.

"그럼."

엘바트론은 린 여왕에게 작별의 인사를 드리고 브리
스 기사단장을 따라 여왕의 정원을 나서 린푼드라를 나
왔는데 린푼드라 앞에 갑옷을 거꾸로 입은 여인이 맞지
도 않는 투구를 덜렁거리며 누군가를 열심히 찾고 있었
다.

"브리스."

"예, 사령관님."

"드래곤 나이트들을 드래곤스에 탑승시켜라."

"알겠습니다."

명을 받은 브리스는 곧 드래곤스로 향했고 엘바트론은 앞에 있는 여인에게로 가서 새차게 고개를 이리저리 돌리는 탓에 곧 떨어져 나갈 어린아이의 이빨처럼 덜렁거리는 투구를 벗겨 여인의 얼굴을 확인하였다.

역시 피오란 공주였다.

"공주님, 여기서 도대체 뭐하고 계신 겁니까?"

"뭐하기는 그렁키를 찾고 있었지."

"날?"

엘바트론의 어깨에 앉아 있던 그렁키는 꼬리로 자기를 가리키며 황당해했다.

"드래곤 나이트의 드래곤에 우리 우드엘프 궁수들이 배치되잖아. 난 그렁키를 배정받았으면 하는데."

"그럴 수는 없을 것 같습니다."

"왜? 혹시 두나린하고 같이 가는 거야? 그 여우 같은 계집애가 나 태우지 말래?"

"그렁키의 등에는 오로지 드래곤 슬레이어들과 대적할 기사들만 오를 수 있으니까요."

"그렇다면 당연히 날 태워야 되는 거 아냐? 나는 생퀸의 딸이라구!"

"생퀸의 따님분께서는 생퀸과 같은 전사라고 말하기

전에 갑옷을 입는 법부터 배우셔야겠군요."

엘바트론은 거꾸로 입은 피오란의 갑옷을 바로 돌려
주며 말했다.

"이번에는 그냥 린푼드라에 남아 계십시오. 드래곤
슬레이어와의 전쟁에서 공주님을 지켜 드릴 수 없을 것
같습니다."

"흥! 언제는 지켜 준 적 있었어? 저번에는 어깨에 화
살을 맞게 했잖아."

"이번에는 꼭 전쟁에서 승리를 거두어 그대와 그대의
린푼드라를 지켜 줄 테니 한때 당신을 짝사랑했던 기사
의 말을 들으세요."

엘바트론은 피오란을 뒤로한 채 폴리모프를 해제시킨
그렁키의 등에 오르려 했지만 피오란이 뒤에서 꽉 끌어
안는 바람에 걸음을 멈추어야 했다.

"그럼 이제는 날 사랑하지 않는다는 거야? 날 사랑
한다고 말하기 전까지는 절대 못 가!"

"어차피 짝사랑으로 끝날 사랑인데 제가 뭐하러 공주
님을 다시 사랑하겠습니까?"

엘바트론은 자신을 끌어안은 피오란 공주의 깍지 낀
손을 풀어 버리고는 그냥 우두커니 서서 말했다.

"이젠…… 짝사랑으로 끝나지 않을 테니까 어서 날 사랑한다고 말해 줘!"

피오란 공주는 수줍게 사랑을 고백하며 엘바트론을 다시 꽉 끌어안아 엘바트론의 넓은 등에 볼을 붙였다.

"빨리 말해 줘! 두나린 그 계집보다 날 더 사랑한다구!"

엘바트론은 허리를 꽉 끌어안은 피오란 공주의 깍지 낀 손을 다시 풀고 뒤돌아 피오란 공주를 쳐다보며

"지금 제가 드릴 수 있는 약속은 사랑이 아니라 승리…… 그 하나뿐일 것 같습니다."

엘바트론의 말에 피오란 공주는 그의 투구를 벗겨 용기로 빛나는 푸른 두 눈동자를 바라보았다.

엘바트론의 눈동자는 그 어느 보석보다 아름답고 빛이나 피오란 공주는 눈을 뗄 수 없었다.

"좋아!"

아직 사랑을 줄 수 없을 것 같다는 엘바트론의 말에 피오란 공주는 괜히 씩씩한 척, 쿨한 척하며 대답하더니 똘망똘망한 눈으로 엘바트론의 눈을 응시하며

"두나린 그년이 아직까지는 나보다 더 좋다 이거지? 흥! 좋아! 그럼 지금 당장은 사랑을 바라지는 않을 테

니까 날 한 번만 안아 줘. 그럼 나도 당신에게 줄 것이
생길 것 같아……."

"……."

엘바트론은 두나린과의 인연 때문에 사랑을 확신하지
못해 미안한 마음에 피오란 공주의 마지막 부탁을 거절
하지 못하고 그녀를 꽉 끌어안아 주었다.

"좋아……."

엘바트론의 품에 안긴 피오란 공주는 세상을 다 가진
듯이 행복해하더니.

쪽!

엘바트론의 입술을 훔쳤다.

"절대 죽기 없기야? 만약 네가 죽어서 돌아오면 나
도 죽어 버릴 테니까 알아서 해!"

피오란 공주는 손에 든 볼자카르를 당혹스러워하는
엘바트론의 머리에 씌워 주며 당부했다.

"승리는 공주님께 약속드릴 수 있습니다."

엘바트론은 가려진 그렁키의 날개를 나와 등에 올랐
다.

"그럼."

엘바트론은 피오란 공주에게 손을 흔들어 주고는 그

렁키를 몰아 모두 탑승을 마친 드래곤스로 들어갔다.

"칫! 나도 조만간 여자 친구 만들던지 해야지. 눈꼴
셔서 참을 수가 없네."

그렁키는 엘바트론을 등에 태우고 드래곤스 머리로
향하는 내내 툴툴거렸다.

"아직은 아냐. 아직은…… 잘 모르겠어."

"칫! 칫! 칫!"

"정 외로우면 기사단에서 한번 찾아봐 좋은 암컷 드
래곤들 많은 것 같던데."

엘바트론은 괜시리 염장질을 한 것 같아 드래곤스 머
리에 도착하자마자 그렁키의 등에서 내리며 말했다.

"몰라!"

그렁키는 엘바트론이 자신을 폴리모프시키자마자 엘
바트론의 플레이트 아머 속으로 숨어 버렸다.

"기사단 모두 다 탑승을 마쳤다. 목적지는 어딘가?"

드래곤스는 엘바트론까지 탑승을 모두 마치자 그에게
행선지를 물었다.

"현실세계 병영초등학교로 이동한다!"

❖　　　❖　　　❖

한편 붉은 눈썹의 폭군 조라크를 죽이고 왕좌에 앉은 용탄자는 그동안 폭군과 함께 수많은 만행을 저질러 온 붉은 눈썹 일족을 모조리 죽여 바다로 던져 버리고 그들이 감금해 두었던 나머지 일족들의 자식들을 부모의 품으로 돌려보내 주었다.

그러자 그 부모들이 용탄자를 찾아왔다.

"폭군을 몰아내고 아들딸들을 일족의 품으로 돌려보내 주셔서 감사드립니다."

수염이 불에 활활 타오른 것처럼 붉은 전사가 왕좌에 앉아 있는 용탄자에게 머리를 조아려 감사의 뜻을 전했다.

"저희 일족 역시 붉은 수염 일족과 마찬가지로 감사를 드리며 용아족의 진정한 왕께서 왕좌를 앉은 것에 대해 환영하는 바입니다."

붉은 머리카락을 가진 붉은 머리 일족의 족장이 붉은 수염 족장 다음으로 용탄자에게 머리를 조아려 인사했다.

"너희들은 자식들이 붉은 눈썹 일족에게 잡혀 있다는 핑계로 몸을 사리다 승패가 갈린 지금에서야 얼굴을 들

고 내게 와 아부 따위를 떨고 있다니! 너희들이 그러고
도 용아족이라고 할 수 있나?"

용탄자는 왕좌에 몸을 기댄 채 피 흘리기를 두려워한
두 일족의 족장들을 내려다보며 약해 빠진 겁쟁이들에
게는 관심없다는 듯이 말했다.

"난 혼혈 일족처럼 끝까지 폭군에 대항해 싸운 이
들의 왕이지 위대한 선조의 나약한 후예들의 왕이 아
니다. 다시 폭군이 너희들에게 내어 준 제국의 우리
속으로 돌아가라. 용아족 전체에 퍼진 제국의 구조물
들을 파괴할 것이나 내 너희들의 선조들을 생각하여
너희들이 살고 있는 제국의 우리는 파괴하지 않을 것
이다."

"우리들이 저 반쪽짜리 용아족보다 못하다는 말입
니까!"

붉은 수염 일족의 족장은 왕의 말에 분개하여 일어나
소리쳤다.

"반쪽짜리 용아족?"

붉은 수염 일족의 족장의 말에 머리 끝까지 화가 차
민 달리온은 그에게 달려들려 했지만 용탄자가 손을 들
어 그를 저지하고서 두 일족의 족장에게 말했다.

"용맹과 전쟁 기술로써 자신들을 증명한 혼혈 일족을 모욕하지 마라. 전쟁과 싸움을 두려워한 너희들이야말로 반쪽짜리 용아족이다."

"듣자 하니 현실세계의 전쟁터로 향하신다 들었습니다."

붉은 머리 일족의 족장이 화를 가라앉히고 차분하지만 울분 섞인 목소리로 말했다.

"이번 전쟁에 반쪽짜리 용아족들의 자리는 없다."

용탄자는 붉은 머리 족장의 붉은 머리를 바라보며 말했다.

"우리들이 반쪽짜리 용아족인지 진짜 용아족인지 전쟁터에서 증명해 보이겠나이다! 저희들에게 전쟁을 나누어 주십시오!"

붉은 수염 일족의 족장이 분한 가슴을 손으로 치며 소리쳤다.

"그대도 전쟁에서 그대의 일족을 증명하기를 원하는가?"

용탄자는 붉은 머리 일족의 족장에게 물었다.

"저 역시 전쟁터에서 우리 일족을 증명하는 것은 물론이고 왕좌에 앉아 계신 분의 진가를 확인해 보겠습니다."

붉은 머리 족장의 경고 같은 말에 용탄자는 코웃음을 치더니 잠깐 두 족장을 바라보았다.

"좋다. 내 너희들에게 전쟁을 나눠 주겠다. 그리고 그 전쟁 속에서 너희들이 진짜 용아족인지 아니면 무너진 제국의 개인지 확인토록 하겠다. 이틀 뒤 새벽까지 전사들을 준비하여 이곳으로 와라."

용탄자의 명에 두 일족의 족장은 서둘러 무너진 황궁을 나섰다.

"역시 자존심 좀 건들어 주니까 바로 넘어오시는 구만⋯⋯."

왕으로서 위엄을 차리고 두 족장을 대했던 용탄자는 두 족장이 떠나자마자 옛날의 용탄자로 돌아왔다.

"혼혈 일족의 전사들은 모두 준비가 됐나요? 이틀 뒤에 출정입니다."

"우리 혼혈 일족들은 언제든지 폐하와 전쟁터로 달려 갈 준비가 되어 있습니다! 이번 전쟁을 통해서 저 오만한 순수 일족들에게 우리 혼혈 일족들이 얼마나 강력한 전사들인지를 알려 줄 만반의 준비를 다 갖췄으니 걱정 안 하셔도 됩니다."

달리온은 아직 자신의 일족을 반쪽짜리라 부른 두 순수 혈통의 족장들에 대한 화가 풀리지 않았는지 얼굴을 붉히며 힘차게 대답했다.

"남은 순수 일족의 전사들도 전쟁에 참전시켰으니 모든 준비는 끝난 것 같아 보이네요. 모두들 이틀 동안 잘 먹고 잘 잔 후에나 봅시다."

용탄자는 왕좌에서 일어나 달루네 곁으로 가려다 불현듯 무언가가 생각나 하게둔을 불러 세웠다.

"아! 하게둔."

"예, 폐하."

"메켄타스 님과 형제분들은 지금 어디에 계시죠?"

"지금 브레스로 무언가를 제련하고 계시다 들었습니다."

"브레스로 무언가를 만들고 계시다구요?"

"자세한 것은 저도 잘 모르겠습니다. 이 황궁 폐허 지하에 계시다 하니 한 번 가 보시는 것이 어떨는지요?"

"음. 알았어요. 이틀 동안 하게둔도 휴식을 취하는 것이 좋을 거예요. 드래곤 슬레이어와의 전쟁이 시작되면 또 언제 쉬게 될지 모르니까요."

"알겠습니다. 폐하."

용탄자는 왕좌를 나와 전쟁을 끝내고 돌아오기 전까지 임시로 쓰게 된 조라크의 방으로 향했다.

"야! 어디 가노?"

방으로 향하던 길에 데쓰무쓰는 용탄자의 호주머니에서 나와 쌩하니 날아가려다 말고

"잠깐 볼일 좀 보러. 이틀 뒤에 보자구."

말하고는 쌩하니 날아가 버렸다.

날아가는 폼을 보니 여자 친구를 만나러 가는 것이 틀림없어 보였다.

"그래. 나만 여자 친구랑 알콩달콩하면 안 되지."

용탄자가 방으로 가 방문을 열자마자 달루네가 그를 와락 반겨 주었다.

이틀 뒤 해가 뜨지 않은 이른 새벽 잠에서 깨어난 용탄자는 옆에서 쌔근쌔근 자고 있는 달루네의 머리를 쓸어넘기며 그녀를 말없이 바라보다 자리에서 일어났다.

창문 밖을 바라보니 아직 깜깜한데 곳곳에서 어둠이 옅어져 새벽으로 물들어 가고 있었다.

"일찍 일어났네?"

달루네는 옆자리의 허전함을 느꼈는지 용탄자가 일어

나고 얼마 지나지 않아 잠에서 깼다.

"왜 벌써 일어났노? 조금 더 자지."

달루네는 방 한 켠으로 갔는데 그곳에는 조라크가 쓰러트리고 취한 용리얀의 검은 갑옷과 창지팡이 그리고 은수염 고래 가죽으로 만든 비행 코트가 전시되어 있었다.

그녀는 마네킹에 입혀진 용리얀의 전투 장비를 조심스레 벗겼다.

"이제 조금 있으면 전쟁터로 변할 현실세계로 갈 시간이네."

용탄자는 아주 조심스럽게 밝아 오는 새벽 풍경을 바라보며 침대에 걸터앉았다.

용탄자는 엄마가 있고 드래곤스 입학하기 전까지 살아왔던 고향인 현실세계로 가는 발걸음이 이렇게 무겁기는 처음이었다.

"곧 용아족의 전사들이 왕을 따르러 이곳에 올 거야."

"그렇겠지. 그리고 난 그들을 승패를 알 수 없는 전쟁터로 데려가게 될 거고……."

달루네는 용리얀의 검은 갑옷을 손주에게 입혀 주며 왕에게 예를 갖춰 말했다.

"폐하께서는 바람 앞의 등불처럼 위태롭기만 했던 저희들을 승리로 이끄시어 이 자리까지 올 수 있게 만들어 주셨습니다. 폐하. 당신의 능력을 의심치 마십시오."

용리얀의 검은 갑옷은 용탄자의 몸에 완벽하게 맞았다.

치이이이이익!

검은 갑옷은 곧 용탄자의 몸에 압착되어 마치 그의 피부인양 자연스럽다 못해 몸의 일부처럼 움직였다.

"반드시 드래곤 슬레이어 놈들을 모두 죽여 버리고 살아서 돌아올 테니까 넌 내 왕비가 될 준비나 잘하고 있어라."

용탄자는 검은 갑옷 착용을 마친 후 달루네가 입혀 주는 비행 코트를 입으면서 그녀에게 입맞춤해 주었다.

"분부대로 하겠습니다. 폐하."

달루네는 용탄자의 입맞춤에 수줍게 용탄자에게 비행 코트를 마저 입혀 주고 그 위에 드래곤 비늘로 만든 거대 벨트를 감아 비행 코트를 고정시켜 주었다.

용탄자는 달루네의 입술에 진한 키스를 남기고 조라크의 붉은 검기에 곳곳이 성한 곳이 없는 용리얀의 창 지팡이를 집어 들고 무너진 황궁을 나섰다.

"어이!"

무너진 황궁을 나오니 익숙한 목소리가 들려왔는데 데쓰무쓰가 날아와 용탄자를 불렀다.

용탄자는 곁으로 온 데쓰무쓰에 걸려 있는 폴리모프를 풀어 버리고 등에 올랐다.

"니하고 내하고 어떡하다 여기까지 온 거고?"

"그러게. 널 처음 봤을 때가 엊그제 같은데 말이야. 드래곤스에서 널 처음 봤을 때 내가 얼마나 황당했는지 알아? 너 같은 애송이를 내 드래곤 라이더로 삼아야 된다는 소리에 아주 하늘이 무너지는 줄 알았다, 내가!"

"나도 마찬가지였거든!"

"흥! 이 데쓰무쓰 님의 등을 오를 수 있는 걸 영광으로 알라고! 이 애송아!"

용탄자는 툴툴거려 대지만 자신이 등에 올라 있는 것을 편해하는 데쓰무쓰를 보며 그냥 웃음이 났다.

"그래. 내가 니 아니면 누굴 내 드래곤으로 삼겠노? 나한테 잘 와 줬다, 오골계야."

"야! 너 뭐 잘못 먹었냐? 사람이 갑자기 변하면 죽는다던데……."

데쓰무쓰는 쑥스러움에 장난 섞인 호통을 치려다 이 때가 아니면 말하지 못할 것 같아

"그래! 나도 너 아닌 다른 놈을 내 등에 태울 생각 없어. 드래곤스 교장이 너를 내 드래곤 라이더로 준 것을 고마워하고 있어."

"오~ 웬일이고? 죽을 놈을 내가 아니라 니 아이가?"

"조용히 해! 이 애송아!"

"술독 오른 교장 선생님, 막말하는 브리스 선생님, 되도 는 썩은 개그 날리는 웬트람 선생님, 연하 킬러 제이 선생님은 지금 뭘하고 있을라나? 내가 용아족의 왕이 되고 해프리스 선생님께서 나를 왕으로 모시고 있다는 걸 알면 뭐라고 하겠노?"

"글쎄……."

"우리…… 드래곤스로 돌아가기는 너무 먼 길을 와 버린 거제?"

"왜? 전쟁 다 끝나고 돌아갈 수도 있지. 해프리스도 그랬잖아."

"그런가……."

용탄자와 데쓰무쓰는 새벽이 밝아 오는 것을 함께 지켜보며 이야기를 나누었다.

"역시 우리들이 제일 먼저 폐하를 모시러 왔구만! 폐하!"

하게둔과 달리온이 혼혈 일족 전사들을 이끌고 새벽을 가리고 나타났다.

"하게둔, 달리온!"

용탄자는 그들의 이름을 부르며 고개를 끄덕여 주었다.

하게둔과 달리온은 곧 용탄자의 양옆에 자리했다.

혼혈 일족 전사들이 왕 앞에 정열을 마치고 명을 기다리고 있을 때쯤 붉은 수염 일족의 족장과 붉은 머리 일족의 족장이 각 일족의 전사들을 이끌고 나타났다.

이들은 왕에게 자신들을 증명하고자 전쟁을 갈망하고 있는 순수 일족의 전사들이라 그런지 내뿜는 살기가 그럴싸했다.

두 순수 일족의 족장은 전사들을 정열시키고 왕 앞에 나섰다.

"붉은 머리 일족의 족장 칸!"

"붉은 수염 일족의 족장 쿠나사린!"

그리고 자신을 정식으로 소개하며 무릎을 꿇어

"폐하께 전쟁을 나누어 주기를 청합니다."

각 일족을 대표하여 전쟁 참가의 뜻을 밝혔다.

"기꺼이 전쟁을 나누어 줄 테니 그대들의 가치를 증명해 보이라. 그렇지 않으면 나 용아족의 왕 용탄자는 그대들을 용아족으로 인정하지 않을 것이다."

용탄자의 말에 두 족장은 고개를 숙여 전쟁을 나누어 준 용탄자에게 고마움을 표시한 후 일족 전사들 맨 앞에 섰다.

"오~ 분열되었던 용아족이 다시 하나로 뭉쳐 전쟁으로 나가는구만!"

"이번 전쟁…… 아주 볼만 하겠군그래!"

용아족의 모든 전사들이 그들의 왕 앞에 정열했을 때 다섯 드래곤 장로가 왕의 뒤로 나타났다.

"폭군 조라크에게 왕좌를 빼앗겨 눈도 감지 못하고 죽은 용리얀이 드디어 편히 쉴 수 있겠구만."

첫 번째 드래곤 장로 메켄타스는 용리얀의 무구로 무장한 용탄자를 보며 고개를 끄덕였다.

"폐하. 선대왕의 무구가 참 잘 어울리십니다. 그 늙고 지친 이나 간 창지팡이만 빼고 말입니다."

메켄타스는 용탄자에게 손에 들고 있던 아주 멋진 창지팡이를 꺼냈다.

"저희 다섯 장로가 3일 밤낮을 지새며 목청껏 브레스로 담금질하고 제련하여 만들어 낸 창지팡이 '다섯목소리'입니다. 평생 선대왕의 적들을 섬멸해 온 용리얀의 창지팡이를 내려놓아 영면을 베푸시고 이 다섯목소리를 높이 들어 우리 다섯 드래곤 장로를 포함한 용아족 전체를 승리로 이끌어 주십시오."

용탄자는 메켄타스가 건네는 창지팡이 '다섯목소리'를 집어 높이 들어 올렸다.

"우와아아아아~"

다섯 드래곤 장로의 힘의 무게가 그대로 실려 있는 '다섯목소리'를 새털처럼 높이 들어 올리는 강인한 왕의 모습에 용아족 전사들이 함성을 질렀다.

"현실세계 어디로 이동하실 생각이십니까?"

다섯 드래곤 장로 중 한 명이 용탄자에게 물었다.

용탄자는 목적지를 묻는 물음에 잠깐 생각한 뒤

"병영초등학교! 병영초등학교로 이동한다."

큰소리로 외쳤고

"분부 받들지요."

다섯 드래곤 장로가 손에 든 창지팡이를 동시에 들어 올렸다 땅에 내려쳤는데 다섯 창지팡이가 땅에 내려쳐

짐과 동시에 무너진 황궁 앞에 모인 모든 이들이 사라져 버렸다.

❖　　❖　　❖

투명 마법으로 모습을 가린 판타지세계의 존재들이 학교를 들락날락거리는 줄은 꿈에도 모르는 병영초등학교의 학생들은 따분한 수업 시간에 대부분의 학생들이 그러하듯 교과서에 낙서를 하거나 창밖의 빈 운동장을 바라보거나 앞 친구를 바리케이트 삼아 꿀잠을 자는 등 각자의 방법으로 수업 시간을 나고 있었다.

"뭐지?"

도덕 시간에 창밖을 바라보며 수업 시간을 때우고 있는 상당히 도덕적이지 못한 여학생은 창밖 운동장이 갑자기 어두워지자 얼마나 큰 구름이 떠가나 싶어 하늘을 바라보았는데 여학생의 눈에 들어온 것은 커다란 구름이 아니라 해를 가린 드래곤스였다.

"아아아아아아악!"

생애 처음으로 드래곤을, 그것도 어마어마한 크기의 드래곤를 본 여학생은 고함을 질렀고 여학생의 고함 소리를 들은 같은 반 아이들과 선생님은 여학생을 바라보며 의아해하다 운동장에 내려앉으며 약진을 일으키는 드래곤스를 목격하고는 혼비백산하여 교실을 뛰쳐나와 마찬가지로 교실을 뛰쳐나온 다른 교실의 학생, 선생님들과 함께 학교를 나왔다.

하지만 이들은 드래곤스가 운동장을 꽉 채우다 못해 체육관을 부서트리고 몸이 밖으로 나가 병영초등학교 일대를 가득 매운 탓에 어디로 도망칠지를 몰라 달려가지 못하고 부들부들 떨며 거대한 드래곤이 제발 자신들을 먹어 치우지 않기를 빌었다.

"이런! 투명 마법으로 모습을 가리는 걸 깜빡했군."

드래곤스는 이순신 동상이나 사이좋게 책을 읽고 있는 영이와 철이 동상 등등 곳곳에 몸을 숨긴 채 눈만 빼꼼 내밀어 자신을 보고 있는 병영초등학교의 선생님들과 학생들을 보고 실수를 알아차렸지만 되돌리기에는 이미 저들이 많은 것을 보고만 후였다.

"잠깐! 지금 이곳으로 순간 이동해 오는 존재들이 느껴진다. 상당한 힘을 가진 다수의 생명체들이다!"

드래곤스는 그렇게 말을 하며 입을 벌렸는데 입안에서 폰테인 기사단이 쏟아져 나왔다.

"선생님! 저 드래곤, 사오정인가 봐요!"

드래곤스가 자신의 몸집에 비하면 작은 나방이나 다름없는 드래곤 나이트들을 쏟아 내는 모습을 본 1학년 남학생이 손가락으로 드래곤스를 가리키며 소리쳤고

"쉿! 조용히 해!"

담임 선생님이 남학생의 손을 내리며 곁으로 당겼다.

"이런 젠장! 드래곤 슬레이어 놈들이 아직 점령하지 못했을 거라고 생각했는데! 모두 전투 준비!"

엘바트론은 지금 병영초등학교로 순간 이동해 오는 존재가 누구인지 꿈에도 모른 채 전 기사들에게 전투태세를 명했다.

드래곤 나이트들은 마력을 끌어올려 마법 시전을 준비했고 드래곤 나이트들과 같이 그들의 드래곤에 탑승한 드워프들은 대포에 포탄을, 우드엘프들은 활에 화살을 장전했다.

"형제들이여! 무기를 들어라!"

잠시 후 일촉즉발의 긴장감이 흐르고 있는 병영초등학교 위 상공으로 순간 이동해 온 용아족들은 폰테인 기사단을 보고 적이라 판단을 하고 공격을 피하기 위해 터지는 폭죽 속에서 튀어나온 수십 개의 불빛들처럼 사

방으로 흩어지며 무기를 휘두르려 했다.

"멈춰라!"

하지만 드래곤스를 알아본 용탄자의 외침에 그들은 폰테인 기사단을 향한 공격을 멈추었다.

"사격하지 마라! 사격하지 마라!"

너무나 듣고 싶어했던 익숙한 목소리를 들은 엘바트론은 전방에 나타난 용아족을 공격하려 기사들을 중지시켰다.

"탄자야!"

"데쓰무쓰!"

거칠고 비대한 야만 전사들인 용아족들 사이에서도 단연 돋보이는 친구를 한눈에 알아본 엘바트론와 그렁키는 용아족의 왕과 그의 드래곤에게로 다가갔다.

"야! 인마!"

"먹보 녀석!"

용탄자와 데쓰무쓰 역시 다가오는 두 친구를 한눈에 알아보고는 그들을 반겼다.

"해프리스!"

기사단장들은 같은 동료 선생님이었던 하게둔을 알아보고는 그에게로 날아갔다.

"이게 도대체 얼마만이고!"

우린 나쁜 사람이 아니다, 해치지 않는다 설득했지만 기어코 학교를 나가야겠다는 병영초등학교의 선생님, 학생들을 집으로 돌려보내고 빈 학교가 된 병영초등학교의 교무회의실에 모인 옛 드래곤스의 선생님, 학생들은 다시 못 볼 줄 알았던 서로를 다시 보게 되어 기쁜 마음에 잠시 드래곤 슬레이어와의 전쟁은 잊고 그동안 있었던 일들을 이야기하고 들었다.

5. 공중 도시와 박쥐 기계

용아족과 폰테인 기사단으로 이루어진 연합군은 병영 초등학교와 그 일대를 본부로 삼았는데 드래곤 슬레이어들이 판타지세계로 오가는 것을 막기 위해서였다.

용탄자와 엘바트론은 병영초등학교에 군을 주둔시키자마자 정찰병들을 세계 곳곳으로 날려 보냈다.

이틀 뒤 정찰병들은 세계 곳곳의 정보를 가지고 돌아왔다.

"현재 워싱턴 D.C는 물론 로스엔젤러스, 뉴욕, 텍사스 등 미국의 주요 지역이 모두 드래곤 슬레이어들의 손아귀에 넘어간 상태입니다."

"영국 역시 드래곤 슬레이어들의 공세에 수많은 피난민들이 일본이나 한국으로 넘어오고 있어 한국의 공항이란 공항이 모두 다 만원입니다."

"이탈리아의 피사의 사탑이 드래곤 슬레이어들의 공격에 넘어졌고 지금 로마의 콜로세움에서는 드래곤 슬레이어들이 이탈리아 시민들에게 검투사 시합을 강요해 하루가 다르게 사상자가 늘어나고 있습니다."

드래곤 슬레이어들의 만행이 곳곳에서 드러나고 있었다.

"프랑스는 다른 나라들보다 더 심각한 상태입니다. 파리에 드래곤스보다 더 거대한 드래곤이 출현했고 베르사유 궁전과 그 일대가 하늘로 날아올라 고블린들의 공중 도시가 되어 버렸습니다. 그리고 이것을 좀 보십시오. 폐하."

프랑스로 정찰을 떠났던 붉은 수염 전사가 지도자들이 모여 있는 교무회의실로 박쥐처럼 생긴 괴상한 기계 하나를 어깨동무하여 들고 나타나 용탄자의 앞에 내려놓았다.

"이게 뭐지?"

용탄자는 용아족 정찰병이 찾아온 박쥐 기계를 보며 물었다.

"제가 파리를 정찰하다 저를 발견하고 공격해 온 놈입니다. 격추시켜 머리를 분해해 봤는데……."

용아족 정찰병은 박쥐 기계의 머리를 뜯어냈는데 놀랍게도 그 안에는 파리의 시민이 들어 있었다.

"죽는 줄 알았습니다! 구해 주셔서 정말 감사합니다. 웬 녹색 난쟁이들이 우리들을 잡아다가 이 기계 안으로 밀어넣지 뭡니까?"

"이 기계랑 전투를 벌이는 내내 여기에 탄 이자의 비명 소리가 들리길래 날개만 잘라 격추시켜 안을 살펴보니 이자가 박쥐 기계에 타고 있었습니다."

엘바트론은 박쥐 기계 안에 갇혀 있는 파리의 시민을 꺼내 주며

"당신이 이 박쥐 기계를 조종하고 있었습니까?"

물었다.

"아니요! 전 이 멋대로 움직이는 박쥐 기계에 타고만 있었다구요!"

"박쥐 기계를 조종하지 못하는 현실세계의 인간을 왜 박쥐 기계에 태웠을까요? 혹시 기계 자랑하려고?"

웬트람은 새로 나온 로봇 장난감을 구경하는 아이처럼 박쥐 기계를 이리저리 둘러보며 말했다.

"다크 메인이 우리들이 올 거라는 것을 알고 있었다는 말입니다."

엘바트론은 박쥐 기계를 만지작거리는 웬트람을 떼어내며 말했다.

"그게 무슨 말이오. 사령관?"

하게둔은 엘바트론에게 물었는데

"박쥐 기계 안에 아무 죄 없는 현실세계의 시민들이 타고 있다는 걸 알아 버린 우리들이 과연 이 박쥐 기계 군대를 마음 놓고 상대할 수 있을 리 없지요. 다크 메인은 현실세계의 인간들을 방패 삼아 우리를 지연시킬 생각입니다."

용탄자가 대신 대답했다.

"현실세계의 인간들을 방패 삼아 도대체 왜 시간을 벌려고 하는 걸까요?"

하지만 용탄자는 브리스의 물음에는 답할 수 없었다.

그리고 그 누구도 대답할 수 없었다.

도대체 드래곤 슬레이어들은 현실세계의 시민들을 안에 가둔 박쥐 기계 군대를 이용해서 연합군의 발을 묶어 놓으려는 이유가 무엇일까?

"사령관! 큰일났습니다!"

박쥐 기계를 보고 모두가 고민에 빠져 침묵이 흐르는 교무회의실에 방콕으로 정찰을 나갔던 드래곤 나이트가 급히 들어와 침묵을 깼다.

"무슨 일입니까?"

"지금 세계에서 가장 큰 레스토랑인 방콕의 로얄 드래곤에서 시민들에게 드래곤 요리를 판매하고 있습니다!"

"뭐라?"

"박쥐 기계들이 로얄 드래곤 일대를 장악하고 있는 탓에 직접 들어가 보진 못했지만 제 두 눈으로 똑똑히 보았습니다! 로얄 드래곤의 주방에서 드래곤 슬레이어들이 판타지세계에서 사냥했던 드래곤들을 외눈박이 악마들이 요리하고 있었습니다!"

"이런! 당장 로얄 드래곤을 파괴해야 합니다! 폐하!"

하게둔은 방콕을 정찰한 정찰병의 말에 절박하게 빨리 로얄 드래곤을 파괴해야 된다며 소리쳤다.

"하게둔. 현실세계의 일반인들이 드래곤 요리를 먹으면 어떻게 되는지 알고 있습니까?"

용탄자는 하게둔의 절박한 표정에서 그가 드래곤 요리의 무서움을 알고 있음을 알 수 있었다.

"드래곤 요리는 그 드래곤의 주인이 먹으면 드래곤 슬레이어가 될 수 있지만 만약 주인이 아닌 자가 먹게 되면 드래곤 슬레이어를 따르는 드래곤 좀비로 변태됩니다!"

"하게둔이 어떻게 그걸 알고 있는 겁니까?"

용탄자는 드래곤 요리에 관한 정보를 자세히 알고 있는 하게둔이 수상하여 물었다.

"드래곤 슬레이어는 사실…… 붉은 눈썹 일족에게 왕좌와 왕족 자리를 빼앗긴 우리 일족입니다. 그들은 선조와 자신들의 자리를 되찾고자 드래곤 요리사들의 우두머리인 첸리라 불리는 악마와 계약하여 자신의 드래곤들을 먹은 타락한 붉은 눈 일족들이지요……."

"드래곤 슬레이어들이 나와 하게둔처럼 창지팡이와 붉은 눈을 가진 이유가 있었군요."

"제가 그들의 제안을 거절했을 때 그들은 저를 죽이려 들었습니다. 하지만 저는 도망쳤고 그들을 미행했지요. 그리고 보았습니다. 나의 동족들이 드래곤 슬레이어로 타락하는 것을, 그리고 한 가지 더 보았습니다.

그들이 먹고 남은 요리 살점을 뜯어 먹은 쥐 한 마리가 갑자기 드래곤 좀비로 변태하는 것을……."

"해프리스의 말이 사실이라면 무슨 수를 써서라도 현실세계의 인간들이 드래곤 좀비로 변태되는 것을 막아야 합니다. 사령관."

사태의 심각성을 깨달은 제이가 엘바트론에게 고했지만 엘바트론은 공격 명령을 내릴 수 없었다.

엘바트론이 망설이자 제이는 용탄자를 불렀는데

"탄자야!"

용아족 왕의 이름을 존칭 없이 함부로 부르는 자신을 쳐다보는 달리온과 두 일족의 족장들의 눈총에

"아니, 용탄자 폐하! 용아족에게 공격 명령을 내려주세요."

얼른 존칭으로 용탄자를 높이며 부탁했지만 용탄자역시 망설였다.

"야! 드래곤스 꼴통 놈들아! 이제 대가리 좀 굵어졌다고 선생님 말 무시하는 거야?"

"저년이 감히 우리들의 왕을 무시하다니! 폐하! 당장 저년의 목을 치라 명해 주십시오!"

달리온은 제이를 죽일 듯이 노려보며 소리쳤다.

"제이! 지금 사령관에게 무슨 말버릇이에요? 오래 살더니 치매라도 걸린 거예요? 당신이 드래곤스 꼴통이 라고 칭한 사람은 폰테인 기사단을 이끄는 우리들의 사 령관이라는 것을 잊지 않았으면 좋겠어요."

노발대발하기는 브리스도 마찬가지였다.

"지금 당장 로얄 드래곤으로 쳐들어갔다간 박쥐 기계 군대와의 일전을 피할 수 없을거예요, 제이 선생님. 현 실세계의 인간을 구하자고 현실세계의 인간을 죽을 수 는 없다 이 말입니다."

용탄자는 등에 둘러맨 방패를 꺼내려는 달리온을 진 정시키며 말했다.

"용아족 왕의 말이 맞습니다. 저 박쥐 기계 군대 속 에 갖혀 있는 현실세계 인간들을 구해 내는 것이 먼저 일 것 같습니다."

"그렇다면 도대체 어떻게 하자는 말씀이신가요? 로 얄 드래곤을 파괴하지 않으면 드래곤 요리를 먹고 좀비 로 변태하는 인간들이 점점 더 많아질 것은 불을 보듯 뻔한 일인데요, 사령관님!"

제이는 드래곤 슬레이어들이 끔찍한 방법으로 전력을 강화하는 이때 아무것도 할 수 없다는 것이 성질나는지 용아족 왕과 사령관을 다그쳤다.

"어디 보자…… 도대체 어떻게 생겨 먹은 물건인지
좀 봐 볼까나……."

달러스 거리에서 추방당한 드워프들을 대표하여 교무
회의실에 들어와 있는 드워프 최고 기술자 딕스해머는
심각한 교무회의실의 분위기를 아는지 모르는지 용아족
정찰병이 가져온 박쥐 기계를 꼼꼼히 살펴보며 콧노래
를 흥얼거렸다.

"하여튼 고블린들이 쓰는 기계공학이란 역겹단 말이
야. 같은 기계공학이라도 어떻게 노움의 기계공학이랑
이렇게 다를 수 있는지 원!"

딕스해머는 떨어져 나간 박쥐 기계의 머리를 망치로
부숴트려 안을 구성하고 있는 기계들을 자세히 살펴보
았다.

"뭐야! 박쥐 기계 머리에 인공지능 회로가 없잖아!"

부품을 찬찬히 확인한 딕스해머는 박쥐 기계에서 나
온 현실세계의 인간에게 갑자기 망치를 들이밀었다.

"어이! 인간 놈아! 우리가 너랑 농담 따먹기나 하고
있을 한가한 사람들로 보여!"

"끔찍한 경험을 한 사람에게 이 무슨 짓입니까! 딕스

해머!"

엘바트론은 딕스해머의 망치를 내리며 물었다.

"사령관! 이자는 지금 거짓말을 하고 있습니다. 박쥐 기계에 A.I 회로가 없습니다. 분명 이 거짓말쟁이가 박쥐 기계를 움직이고 있었던 것이 틀림없습니다!"

"아니에요! 박쥐 기계가 저절로 움직였다구요!"

"딕스해머, 다시 한 번 박쥐 기계를 잘 살펴보세요."

엘바트론은 현실세계의 인간을 경계하며 딕스해머에게 명했다.

곧 딕스해머는 박쥐 기계를 망치로 산산조각 내어 구성 부품들을 찬찬히 살펴보았다.

"분명 박쥐 기계와 싸울 때 저자의 비명 소리를 들었나? 혹시 저자가 일부러 낸 거짓 비명 같지는 않았나?"

용탄자는 박쥐 기계를 가져온 정찰병에게 물었다.

"분명 저자의 비명 소리가 맞습니다. 생생히 기억하고 있습니다. 분명 비명 소리에 거짓은 없었습니다."

"아! 이걸로 박쥐 기계를 조종하고 있었구만!"

딕스해머는 박쥐 기계의 등에 달려 있던 안테나를 손으로 집어 살펴보며 외쳤다.

"사령관! 얍삽한 고블린 놈들이 우리 드워프 기술자

들이 박쥐 기계의 인공지능 회로를 개조해서 아군으로 만들어 버리는 것을 예방하려고 A.I를 탑재시키지 않고 원격조종하고 있는 모양입니다."

"그 원격조종을 하고 있는 곳을 알아낼 수 있겠습니까?"

"사령관! 달러스 거리의 진정한 기술자들인 우리를 뭘로 보고 그런 말씀을 하십니까! 기다려 보십시오!"

딕스해머는 그런 당연한 것을 입 아프게 왜 묻느냐 호언장담을 하더니 수십 개의 안테나가 고슴도치 가시처럼 솟아 있는 나침반에 박쥐 기계에서 떼어낸 안테나를 꽂아 송신되는 신호의 위치를 파악하기 시작했다.

잠시 후.

"에헴! 원격조종 신호가 프랑스 파리의 상공에서 계속해서 보내지고 있습니다."

딕스해머가 나 이런 사람이야~ 라는 말투로 원격조종 신호 위치를 말했다.

"원격조종이라면 오히려 우리들한테 더 잘된 겁니다."

"폐하. 도대체 뭐가 잘됐다는 건지 이 드워프는 이해할 수가 없네요. 인공지능 회로가 없기 때문에 우리들이 박쥐 기계를 아군으로 개조할 수 없는 상황에 말입니다."

"고블린 놈들이 박쥐 기계를 원격조종하고 있다면 그 놈들이 원격조종을 하는 곳으로가서 그곳을 파괴해 버리면 박쥐 기계들은 작동을 멈출 테니 잘된 일이지요. 더군다나 그대가 고블린들이 원격조종하는 곳의 위치도 파악했으니 더할 나위 없이 잘된 일 아닙니까!"

"그렇군요! 역시 용아족 왕다우십니다!"

용탄자의 말에 드워프는 무릎을 탁! 하고 쳤다.

"그럼 서둘러 군을 파리로 이동시키시지요."

하게둔이 용탄자에게 고했지만 용탄자는 고개를 저었다.

"대규모 병력을 움직였다간 고블린 놈들에게 발각당할 테고 우리를 발견한 고블린들은 박쥐 기계들을 불러모아 방패로 이용하려 들 겁니다."

"폐하의 말씀이 맞습니다. 고블린 원격조종을 끊어놓는 일은 나와 폐하 그리고 딕스해머 이렇게 셋이서 맡을 겁니다."

"사령관. 그럼 우리들은 여기서 계속 대기하고 있어야 되는 겁니까?"

"그럴 리가 있습니까? 연합군 전 병력은 우리가 파리로 떠나자마자 방콕으로 가 로얄 드래곤 근처에 숨어 있다가 박쥐 기계들이 원격조종 신호를 잃고 땅에 떨어지면 즉시 공격을 개시해야 합니다. 하게둔, 용아족 정찰병들을 시켜 박쥐 기계 세 놈을 잡아오라 이르세요."

"알겠습니다, 폐하."

용탄자의 명을 받은 하게둔이 교무회의실을 나섰다.

"딕스해머. 용아족 정찰병들이 잡아올 박쥐 기계를 최대한 빨리 개조할 수 있도록 드워프 기술자들을 준비시켜 놓으세요."

"분부대로 합지요! 사령관!"

딕스해머는 고블린들을 혼내 줄 생각을 하니 벌써부터 신이 나는지 콧노래를 흥얼거리며 교무회의실을 나갔다.

그날 밤 용탄자의 명을 받은 용아족 정찰병들이 박쥐 기계 세 기를 포획하여 병영초등학교로 돌아왔고, 준비하고 있던 딕스해머와 드워프 기술자들은 박쥐 기계에 갇힌 인간들을 구해 주고 개조에 들어갔다.

"개조가 끝났습니다! 다만 수동 조종이 안 된다는 게 조금 흠이기는 하지만 말이죠!"

다음 날 아침 밤새도록 작업에 매달린 끝에 박쥐 기계 개조를 끝마친 딕스해머가 엘바트론과 용탄자가 잠을 자고 있는 3학년 3반 교실 문을 열고 들어왔다.

"으음…… . 개조가 빨리 끝났다니 다행이군요. 음? 퉤!"

엘바트론은 부스스 일어나다 입안에서 자고 있는 그렁키를 무심코 삼킬까 얼른 뱉어 냈다.

"그런데 수동 조종이 안 된다니 그게 무슨 말입니까?"

용탄자는 일어나며 머리를 긁으려다 머리 위에서 자고 있는 데쓰무쓰의 배를 긁으며 딕스해머에게 물었다.

"그게 수동 조종으로 개조하려다간 외형이 틀어져서 고블린들이 눈치를 챌 수 있을 것 같아서 말입니다! 그래서 고블린들이 박쥐 기계에 달아 놓은 귀환 비행 능력을 마음대로 쓸 수 있도록 손을 봤죠. 뭐 고블린들이 박쥐 기계들을 원격조종하는 곳까지 가는 데 문제는 없을 테니까 걱정 붙들어 매십시오!"

"그럼 됐네요. 딕스해머 당신도 우리와 함께 가야 하니 준비하세요."

용탄자는 입고 있는 검은 갑옷과 비행 코드를 체크하

며 딕스해머에게 말했다.

"이미 준비 끝냈습니다!"

딕스해머는 허리춤에서 망치를 꺼내 보여 주며 말했다.

"좋습니다. 그럼 바로 가 봅시다!"

"가기 전에 연합군에 명을 내려야지."

엘바트론은 딕스해머를 따라 서둘러 내려가려는 용탄자를 붙잡았다.

"아참……."

"그럼 일들 끝내시고 책 읽는 동상으로 오십시오!"

딕스해머는 용탄자와 엘바트론을 두고 먼저 교실을 나섰다.

용탄자와 엘바트론도 서둘러 교실을 나와 일족의 족장들과 기사단장들을 교무회의실로 불러 모아 방콕으로 이동하여 박쥐 기계들의 원격 조종 신호가 끊어질 때까지 숨어 있으라는 명을 내리고는 딕스해머가 기다리는 곳으로 향했다.

"여깁니다, 여기!"

동상 앞에 드워프 기술자들이 개조된 박쥐 기계 세 대와 함께 용탄자와 엘바트론을 기다리고 있었다.

용탄자와 엘바트론은 드워프 기술자들이 입혀 주는 박쥐 기계를 입었는데 갑옷과는 다르게 박쥐 기계 안에 갇혀 박제되고 있는 듯한 불쾌한 기분이 들었다.

"빨리 고블린들이 있는 곳에 잠입하고 이 역겨운 쓰레기를 벗어 버리자구요!"

고블린들을 무척이나 증오하는 딕스해머의 불쾌지수는 용탄자와 엘바트론보다 더했다.

그는 짜증을 내며 박쥐 기계 머리를 눌러썼다.

"박쥐 기계 착용을 마치셨으면 왼쪽 옆구리에 달려 있는 빨간 버튼을 누르세요."

삑!

딕스해머는 박쥐 기계 머리를 눌러쓰고 있는 용탄자와 엘바트론에게 그 말을 남기고 빨간 버튼을 눌러 박쥐 기계의 귀환 비행 능력을 활성화시켰다.

"박쥐가 된 소감이 어떠신가? 사령관 나리?"

용탄자는 박쥐 기계를 입은 엘바트론을 보고 킬킬거리며 놀렸다.

"용아족 왕이 박쥐처럼 생겼다는 사실을 빨리 폰테인 기사단에 퍼트리고 싶은 느낌?"

"킬킬킬킬킬!"

"킬킬킬킬킬!"

용탄자와 엘바트론은 이제 거대한 두 세력을 이끄는 지도자였지만 이렇게 함께 있을 때면 나이팅게일의 단검 열쇠를 찾아서 꼴지를 면해 보겠다며 곳곳을 누비던 드래곤스의 문제아들로 돌아갔다.

"지금 킬킬거리며 놀 때가 아니야! 어서 드워프를 따라가야지!"

"야, 애송이! 빨랑 빨간 버튼 안 누르냐? 확 물리고 싶어? 앙?"

박쥐 기계에 함께 탑승한 그렁키와 데쓰무쓰는 킬킬거리며 장난을 치고 있는 용탄자와 엘바트론에게 소리쳤다.

"간다, 가!"

용탄자는 데쓰무쓰가 허벅지 쪽으로 내려가 물어뜯으려 하자 깜짝 놀라며 빨간 버튼을 눌러 하늘로 날아올랐고 엘바트론이 그의 뒤를 따랐다.

"와~ 이거 불편하다 못해 삭신이 쑤신다 쑤셔!"

박쥐 기계에 탑승하여 파리로 비행하기를 2시간이 흘렀을 무렵 용탄자는 박쥐 기계가 얼마나 승객의 안전과 편의를 개무시하는 악랄한 기계인지 몸소 깨닫게 되었다.

"너도 그래? 나도 미치겠어!"

몸이 불편하기는 같은 박쥐 기계에 탄 엘바트론도 마찬가지였다.

"이런 걸 만들어 내서 드워프를 개고생시키다니 각오해라 이 똥꼬블린들아!"

딕스해머도 마찬가지였다.

이들은 비행하는 내내 고블린들이 들었으면 오줌을 지렸을 법한 차마 글로 담기 힘든 말로 고블린들을 저주했다.

"탄자야! 지금 저기 밑으로 보이는 게 에펠탑이야?"

그렇게 저주의 욕 세례를 퍼부으며 비행하기를 12시간이 지났을 쯤 밑으로 파리의 전경이 보였는데 엘바트론은 픽시드 현실세계지사의 투명 유리 바닥 아래로 보았던 파리의 전경과는 너무나도 다른 현재의 파리의 전경에 눈을 의심하며 용탄자에게 물었다.

"아마도 그런 것 같은데?"

용탄자는 검게 타 뼈대만 앙상하게 남은 에펠탑을 내려다보며 이곳 파리 어딘가에 있을 캐서린의 시신을 찾으려 눈을 크게 뜨고 아래를 내려다보았지만 찾을 수 없었다.

판타지세계, 현실세계, 용아족이 사는 태초의 세계를 통틀어 가장 눈이 좋은 자를 데려와도 아마 찾지 못할 것이다.

곳곳에서 매케한 연기가 하늘로 솟아오르는 통에 대낮임에도 햇빛이라고는 비치지 않았고 대신 활활 타오르는 불들이 폐허가 되어 버린 황폐해진 파리를 암울하게 비추고 있었다.

"우리가 만약…… 드래곤 슬레이어들에게 패배한다면 현실세계의 모든 곳이 저렇게 되어 버리겠지?"

보고만 있어도 절망감이 드는 파리의 전경에 엘바트론은 무거운 목소리로 물었다.

"아니, 저것보다 더 심하겠지. 모든 세계가……."

잠시 후 개조된 3기의 박쥐 기계들이 날갯짓을 더욱 힘차게 하여 먹구름을 뚫고 올라가며 고도를 높였다.

박쥐 기계들이 삐걱삐걱거리며 격렬하게 움직이면서 고도를 높이자 그 안에 탄 세 명의 탑승객은 시속 150km로 달리는 경운기에 탑승한 듯한 고통에 가까운 불편함을 겪을 수밖에 없었다.

먹구름을 뚫고 나왔을 때 박쥐 기계에 탑승한 승객들

은 수십 개의 거대한 열기구에 매달려 있는 위태위태한 고블린들의 공중 도시를 목격할 수 있었다.

"아직까지 안 무너지고 있는 게 용하네."

3기의 박쥐 기계는 곧장 공중 도시로 날아갔는데 공중 도시에 점점 다가갈수록 고블린들이 만든 공중 도시가 얼마나 위태롭게 하늘에 떠 있는지 알 수 있었다.

철컥!

공중 도시에 도착하여 귀환 비행을 마친 3기의 박쥐 기계들의 날개가 완전히 접혀 뒤쪽으로 들어갔다.

"이런 걸 도시라고 지어 놓다니 역시 똥꼬블린들답구만!"

공중 도시 곳곳에는 거대 열기구와 공중 도시를 연결하고 있는 굵은 로프들이 여기저기 정신 사납게 박혀 있어, 여기가 공중 도시인지 아니면 그냥 로프 더미 속에 들어와 있는지 헷갈릴 지경이었다.

도시의 무게를 이기지 못하고 갈라져 버린 여기저기에 땜방질을 하듯 철판을 박아 넣고 그 위에 그래비티를 칠해 놓는 바람에 진짜 정신이 하나도 없어지게 만드는 산만 그 자체인 도시였다.

"일단 고블린들이 없는 곳으로 가서 이 기계부터 벗

어 버리자."

공중 도시에는 이 정신 사나운 도시의 주인인 고블린들이 돌아다니고 있었는데 공중 도시에 도착한 박쥐 기계 3기는 최대한 박쥐 기계스럽게 걸으면서 공중 도시의 뒷골목을 찾았다.

"여기서 벗는 게 좋을 것 같은데?"

역시나 어느 도시를 가나 뒷골목이 존재하지만 도시의 거주민들이 자주 다니는 번화가보다 깨끗하고 아름다운 골목길은 정말 흔치 않을 것이다.

용타자 일행은 훼손되지 않은 베르사유 궁전의 길거리에서 기계를 벗었다.

"이제 어떡해야 되는 겁니까들?"

딕스해머는 입은 박쥐 기계를 벗어 던지는 것만으로는 화가 풀리지 않아 망치로 아주 박살을 내고서 용탄자와 엘바트론에게 물었다.

"박쥐 기계 군대에게 원격조종 신호를 보내는 곳을 찾아야죠."

엘바트론은 투명 마법을 시전하여 일행들의 모습을 가리며 말했다.

"그게 어딨는 줄 알구요?"

"그야 찾아보면 알 테니 일단 갑시다."

용탄자는 앞장서서 공중 도시의 번화가로 향했고 엘바트론과 딕스해머가 그의 뒤를 따랐다.

공중 도시 번화가는 여타 다른 도시의 번화가와는 아주 딴판이었는데 사람들의 발걸음 소리, 그리고 상가에서 흘러나오는 음악 소리 등등 활발한 소음은 전혀 들리지 않고 높게 솟은 삐까번쩍한 공장들이 내뿜는 매연과 소음으로 가득했다.

공중 도시의 침입자들은 몰래 공장 안을 살펴보았는데 어떤 공장에서는 고블린들이 아주 값싼 재료로 만들어 낸 값비싼 음료를 파는 자판기를, 그리고 또 어떤 공장에서는 반란 진압용 로봇을, 또 어떤 공장에서는 고블린 얼굴이 새겨진 화폐를 찍어 내고 있었다.

고블린들은 드래곤 슬레이어들이 지배하는 세상에서 고블린 대기업을 만들어 호화스럽게 살 준비를 이 공중 도시에서 하고 있는 모양이었다.

"역시 지들밖에 모르는 똥꼬블린놈들답구만! 사령관, 우리 여기 있는 고블린들 전부 다 죽이러 온 거 맞죠?"

딕스해머는 공중 도시의 공장에서 찍어 내고 있는 물품들을 보며 치를 떨었다.

"쉿!"

용탄자는 화가 나 목소리가 점점 커지는 딕스해머의 입을 막았다.

"목소리는 투명 마법으로 가릴 수 없으니까 조금 조심해 줬으면 좋겠는데."

"예, 폐하."

용탄자는 엘바트론과 딕스해머와 함께 여러 공장을 수색했다.

본의 아니게 여러 공장에서 생산해 내고 있는 고블린들의 기상천외한 물건들을 구경하며 곳곳을 수색하던 그들의 눈에 커다란 빌딩 한 채가 들어왔다.

빌딩의 꼭대기에는 활짝 웃고 있는 고블린의 이빨에 '스카이머신 주식회사'라고 적힌 참 정감 가지 않는 간판이 걸려 있었다.

"하하하하하!"

활짝 웃는 고블린 간판은 웃음소리를 내고 있어서 왠지 조금 무섭기까지했다.

"아무래도 여긴가 본데?"

"어서 들어가자구."

"하여튼 똥꼬블린놈들…… 꼭 저렇게 병신티를 팍팍

낸다니까……."

침입자들은 빌딩 안으로 들어가 스카이머신 주식회사에서 일하는 고블린들과 엘리베이터를 탔다.

엘리베이터에는 각층의 버튼마다 이름이 적혀 있었는데 용탄자는 고블린들이 딴 데를 보는 사이 '박쥐 기계 조종사 전용'이라고 적힌 43층 버튼을 눌렀다.

"탄자야! 우리들 43층에서 일 끝내고 65층으로 가야 될 것 같은데?"

용탄자는 엘바트론의 귓속말에 65층 버튼을 보았는데 버튼 위에 '공중 도시 조종실'이라도 적혀 있었다.

"흐흐흐흐…… 당연히 들러야죠! 이 드워프님께서 99열차보다 더한 스릴을 똥꼬블린놈들한테 가르쳐 줄 수 있는 절호의 기회인데 날려 버리면 섭하죠!"

65층에 관한 이런저런 말을 하다 보니 어느새 43층에 도착하여 엘리베이터에서 내렸는데 내리자마자 헉! 하고 놀랄 수밖에 없었다.

침입자들은 컴퓨터와 비슷한 전산처리 기계 몇 대로 박쥐 기계 군대를 원격조종하고 있는지 알았는데 박쥐 기계 군대의 수만큼의 고블린들이 운동장처럼 넓은 43층에 앉아 하나하나 직접 원격조종을 하고 있었다.

PC방처럼 질서 정연하게 구비된 조종실 중 4곳이 비어 있었고 나머지는 만원이었다.

"흠흠! 어떡할까? 저 기계들을 전부 부숴 버릴까, 아 님, 고블린들을 모두 죽여 버릴까?"

엘바트론은 브레스를 뿜기 전 목청을 다듬으며 용탄 자를 쿡쿡! 찔렀다.

"둘 다 해야 안 되겠나? 저 조종 기계들을 부수는데 고블린들이 팔짱 끼고 있지는 않을 것 같은데?"

"어떡할지 빨리 결정 좀 하십쇼! 고블린놈들 죽이고 싶은 드워프가 안 보입니까?"

"둘 다?"

"둘 다!"

용탄자와 엘바트론은 눈빛을 한 번 주고받고는 투명 마법을 해제했다.

"침입자들이다!"

한창 박쥐 기계를 원격조종하고 있던 엘리베이터 근 처의 고블린이 가장 먼저 침입자들을 발견하고 비상 버 튼을 눌렀지만 그다음 순간 고블린의 머리는 딕스해머 의 망치에 물 풍선 터지듯 빡!하고 터져 버렸다.

"하하하하하! 비겁한 고블린 놈들아! 너희들이 달려

스 거리에서 드워프를 배신하고 추방한 죗값을 받아
라!"

딕스해머는 고블린들을 죽일 수 있어 너무 기쁜지 양
손에 망치를 들고서 마구마구 죽여 대며 기뻐 웃었다.

"내 소중한 창지팡이에 고블린들 피를 제일 처음 묻
히게 될 줄이야!"

용탄자는 다섯목소리를 휘둘러 고블린을 원격조종기
계와 함께 반으로 갈라 버리고서 다시 한 번 크게 휘둘
러 묻은 고블린의 피를 털어 냈다.

그리고 지팡이 보석에 마력을 모아 또 다른 원격조종
기계를 조준하여 검은 번개를 날렸는데 검은 번개는 원
격조종기계 십여 대를 연쇄 감전시켜 폭파시켜 버렸다.

"후키이이이이시!"

정말 눈깜짝 할 사이에 고블린 10여 마리와 그들이
타고 있던 원격조종기계들을 폭파시켜 버리는 용탄자의
귀신같은 창지팡이 솜씨에, 엘바트론은 그에 질세라 브
레스를 내뿜었다.

엘바트론의 목을 타고 밖으로 나온 브레스는 지진을
일으켜 43층 바닥에 구멍을 만들어 냈고 그 구멍은 점
점 팽창되는 블랙홀처럼 고블린들과 원격조종기계들을

아래층으로 비정상적인 낙하 속도로 떨어지게 만들었
다.

"오올~ 대박인데!"

용탄자의 감탄에 엘바트론은 씨익 웃으며 V자를 그
렸다.

"봤어, 데쓰무쓰? 용탄자보다 우리 엘바트론이 고블
린 놈들을 더 많이 죽이는 거?"

"야, 애송이! 너 뭐하고 있어? 이딴 코찔찔이들한테
밀리는 거야? 앙? 그러고도 내 드래곤 라이더라고 할
수 있냐!"

"가만있어 봐라!"

데쓰무쓰의 성질난 목소리에 용탄자는 오른손을 들어
검은 화염을 뭉쳤는데 야구공만 한 크기에서 농구공만
한 크기로, 그리고 터지기 직전의 커다란 풍선만 한 크
기로 커져 갔다.

용탄자의 오른손에서 빙글빙글 돌면서 커지는 검은
화염이 내뿜는 열기가 얼마나 대단한지 천장에 달려 있
는 화재용 스프링클러들이 터져 물줄기를 쏟아 냈다.

"흐압!"

용탄자는 커질 대로 커진 검은 화염을 강력한 마력을

이용해서 압축시키기 시작했다.

검은 화염이 점점 작아지면 작아질수록 오른팔에 힘줄이 돋아나기 시작했는데, 용탄자의 오른팔이 불거진 힘줄에 괴물 팔처럼 변했을 때 그의 오른손에는 골프공만 한 검은 구슬이 완성되어 있었다.

용탄자는 강력한 마력을 사용해서 만든 검은 구슬을 저 멀리서 아직 사태를 깨닫지못하고 여전히 박쥐 기계를 원격조종하고 있는 고블린들을 향해 힘껏 던졌다.

용탄자의 손을 떠난 검은 화염 구슬은 골프채에 맞은 골프공처럼 포물선을 그리며 날아가더니 땅에 부딪힘과 동시에 깨지며 엄청난 양의 검은 화염을 뱉어 냈는데 검은 화염 구슬을 나온 검은 화염들은 마치 공동묘지에 들어선 사람의 영혼을 잡아먹으려는 악령들처럼 곳곳을 누비면서 열기와 화염으로 고블린들과 원격조종기계들을 활활 태웠다.

촤아아아아아아~

스프링클러에서 빗줄기처럼 쏟아져 나오는 물도 검은 화염 악령들이 퍼트리는 열기에 곧바로 증발할 뿐이었다.

"탄자야! 이렇게 무식한 화염을 풀어 놓으면 어떡해? 우리까지 네 검은 화염에 타 버릴 수도 있어!"

엘바트론은 검은 화염의 열기에 얼굴을 가리며 용탄자에게 소리쳤다.

"역시 내 애송이다워! 이 정도는 돼야지. 음하하하하!"

용탄자는 검은 화염 악령들이 설쳐 대는 것을 보면서 그렁키 앞에서 보란듯이 웃는 데쓰무쓰를 잡아 주머니 속에 넣으면서

"이제 여기는 어느 정도 정리된 것 같으니까 어서 65층으로 이동하자!"

엘리베이터 호출 버튼을 눌렀다.

"엘바트론! 더 센 브레스 없어?"

"여기서 뿜을 건 없어!"

엘바트론 역시 그렁키를 호주머니 속에 넣으며 엘리베이터 쪽으로 향했는데 뭔가 빠진 것 같아 불길 속을 두리번거렸는데

"딕스해머!"

불길 속에서 망치를 휘두르고 있는 드워프가 눈에 딱 들어왔다.

"이런 젠장!"

용탄자는 얼른 딕스해머에게로 향했고 엘바트론이 따랐다.

"하하하하! 후끈하니 똥꼬블린놈들 죽이기에 아주 그만이구만!"

딕스해머는 자기 수염이 타고 있는 줄도 모른 채 열심히 달러스 거리의 도둑놈들에게 망치 맛을 보여 주고 있었다.

"엇! 뭐야! 이거 안 놔?"

딕스해머는 두더지 게임을 하듯 불타며 발작적으로 이리저리 우왕좌왕하고 있는 고블린들을 망치로 때려죽이다 용탄자와 엘바트론에게 양팔을 붙잡혀 엘리베이터로 끌려갔는데 끌려가는 동안에도 망치를 휘두르려 댔다.

"조금 있으면 여긴 불바다가 될 겁니다. 같이 통구이 되고 싶지 않으면 잔말 말고 따라오세요!"

용탄자는 엘리베이터까지 끌려왔다 다시 고블린들을 죽이러 가려 하는 딕스해머의 불타고 있는 수염을 잡고 붉은 눈을 부라리며 말했다.

"흠흠! 네…… 용아족 왕의 명이니 뭐 따라야겠죠."

용탄자의 불 같은 호통에 깜짝 놀란 딕스해머는 깜짝

놀란 티를 숨기려 헛기침을 몇 번 하더니 용탄자의 시선을 피하며 망치를 허리띠에 다시 걸었다.

"엘리베이터가 왜 이렇게 늦는 거야!"

엘바트론은 지금 검은 화염 악령들로 인해 층 전체가 열기와 화염으로 가득한 아주 급박한 상황에 세월아 내월아 오지 않는 엘리베이터에 승질이 나 엘리베이터 호출 버튼을 난타했다.

"고블린들이 엘리베이터를 차단한 거 아이가?"

용탄자는 불길한 느낌이 들어 엘리베이터 문을 양손으로 잡고 강제로 열어 아래를 내려다보았는데 엘리베이터는 까마득히 아래에 있어 눈을 크게 뜨고 봐야 윗부분이 겨우 보일락 말락 하는 아래 층수에 멈춰 올라올 생각을 안 하고 있었다.

"얍실한 똥꼬블린 놈들 같으니라구! 이제 어떡하면 좋습니까, 사령관?"

"어떡하긴요. 뚫고 올라가는 수밖에요."

엘바트론은 그렁키의 폴리모프를 해제시키고 등에 오르며 말했다.

"어느 쪽에 탈지 빨리 결정하세요. 뭐 어느 쪽에 타도 과격하기는 마찬가지겠지만."

용탄자는 폴리모프를 해제시킨 데쓰무쓰의 등에 오르며 딕스해머를 재촉했다.

"설마 박쥐 기계만큼이야 불편할까 봐요?"

딕스해머는 이 정도쯤이야란 말투로 툴툴거리며 아주 자신만만하게 그렁키의 등에 올랐다.

"우리들이 얼마나 과격하게 노는 놈들인지 모르는구만. 바보 녀석……."

데쓰무쓰는 날개를 움직이며 사악한 미소를 지었다.

"엘바트론! 내가 먼저 앞장서서 천장 깨부시면서 날아오를 테니까 내가 소리치면 자리 교대다."

"오케이!"

엘바트론이 고개를 끄덕이는 것을 확인한 용탄자는 데쓰무쓰를 몰아 스프링클러로 물을 쏟아 내고 있는 천장을 그대로 받아 부숴 버리며 날아올랐다.

그리고 단숨에 5개의 천장을 부숴트리며 치고 나갔고 엘바트론이 그렁키를 몰아 그 뒤를 따랐다.

"애송이! 아무리 나라도 더 이상 몸으로 천장을 깨부수는 건 무리야!"

43층에서 50층까지 몸으로 부딪혀 올라온 데쓰무쓰는 띵한 머리를 흔들며 용탄자에게 말했다.

"알았다. 미안!"

용탄자는 서둘러 다섯목소리의 지팡이 보석에 검은 마력을 주입시켜 광선을 뻗어 위를 가로막는 천장을 깨부숴 나갔다.

"엘바트론! 지금이다!"

50층에서 57층까지 총 8개의 천장을 강력한 검은 광선으로 부숴 각 층에 있던 고블린들을 아래로 추락사시키며 상승비행을 펼친 용탄자는 창지팡이를 거두며 엘바트론을 불렀고

"오케이!"

엘바트론은 그렁키를 몰아 앞으로 나가며

"크라아아아아시!"

힘의 브레스로 천장을 깨부숴 나가기 시작했다.

"으아아아아아아아악!"

천장이 박살 나 두껍고 단단한 콘크리트 더미들이 사납게 날아왔다.

이 무시무시한 광경이 보기 싫어 뒤를 보면 고블린들이 무너진 바닥을 따라 까마득한 높이를 추락하고 있고, 정말 앞뒤로 무시무시한 광경이 펼쳐져 딕스해머는 목청이 떨어질 것처럼 고함을 질러 댔다.

"엘바트론! 64층에서 멈춰야 한데이! 65층까지 박살 내면 공중 도시를 조종할 수 없을지도 모른다!"

"그렁키!"

엘바트론의 외침에 그렁키는 엄청난 완력의 앞발 힘으로 천장을 깨부수기 시작했다.

"그건 아는데! 우리가 지금 몇 층에 와 있는지 너 알아!"

용탄자는 엘바트론을 따라 수직고공비행을 펼치다 엘바트론의 고함 소리에 아래를 내려다봤지만 순식간에 층수를 다 세기에는 무리였다.

"일단 멈추자!"

용탄자와 엘바트론은 뚫고 올라온 층수에서 멈춰 데쓰무쓰와 그렁키의 등에서 내렸다.

그리고 그렁키의 등에서 부들부들 떨고 있는 딕스해머를 내려주었다.

"꼴이 딱 니 맨 처음 99열차 탔을 때네."

"그때 내가 이렇게 볼썽사나웠나?"

"아니."

"그렇지? 이것보단 나았지?"

"아니."

"그럼?"

"더했지."

용탄자와 엘바트론이 그렁키의 등을 내려와 대자로 뻗은 딕스해머를 보며 잠깐 대화를 나누는 사이

"침입자 발견! 침입자 발견!"

고블린들이 발명한 경비 로봇들이 이들을 둘러쌌다.

"얼마든지 상대해 주지!"

엘바트론은 경비 로봇들을 쓸어버리기 위해 숨을 크게 들이마셨는데 용탄자가 입을 막는 바람에 브레스를 뿜지 못했다.

"저기 싸우기 전에 뭐 하나만 묻자."

엘바트론의 입을 막은 용탄자는 경비 로봇들에게 말했고 경비 로봇들은 용탄자의 질문이 궁금한지 다가오다 멈춰 섰다.

"여기가 몇 층이고?"

"이곳은 65층의 공중 도시 조종실을 보호하기 위해 만들어진 경비층 64층입니다. 경비층에는 각종 종족들에 여러 경비 로봇들이 머무는 곳으로 정식 라이센스를 소지하지 않으신 분들께는 아주 위험한 곳입니다. 내려가실 손님께서는……."

경비 로봇들 중 깡통 로봇처럼 생긴 놈이 관광객에게 명소를 소개하듯이 64층을 친절히 소개했다.

"땡큐!"

용탄자는 64층이란 말에 친절한 깡통 로봇의 설명을 다 듣지도 않고 다섯목소리를 땅에 내리찍었는데

콰지지지직!

수백 개의 창이 땅속에서 소환되어 경비 로봇들을 모조리 꿰어 버렸다.

땅속에서 솟아난 수백 개의 창에 꼬치구이처럼 창에 대롱대롱 매달리지 않은 경비 로봇은 오로지 깡통 로봇뿐이었다.

"자~ 이제 65층으로 안내를 좀 해 줬으면 하는데……. 안 그러면 여기 이 기사분께서 아주 뜨거운 브레스 맛을 보여 줄 거야. 여기 이 기사 양반 빡치면 나보다 훨씬 무서울걸?"

"으흠!"

엘바트론은 기침을 하면서 용탄자의 협박스런 협조 부탁에 부들부들 떨고 있는 깡통 로봇을 째려보았다.

"65층 공중 도시 조종실은 엘리베이터를 이용해서 올라갈 수 없습니다. 오로지 이곳 64층에서 올라가야

합니다. 저를 따라와 주세요!"

깡통 로봇은 엘바트론이 기침을 하면서 침 대신 뜨거운 불 가루를 토해 내자 '삐리리릭!' 소리를 내며 아주 친절하게 65층으로 가는 길을 안내했다.

"역시 뭐 시킬 때는 협박이 최고지. 킬킬킬!"

"엘바트론! 나 배고파. 어서 밥 안 내놓으면 나 그냥 간다!"

데쓰무쓰와 그렁키는 폴리모프하여 깡통 로봇의 친절한 가이드를 따라 65층으로 가는 용탄자와 엘바트론의 주머니 속으로 쏙 들어갔다.

"경비 로봇들 따위는 상대가 되지 않는 영웅님들께서는 지금 65층에 도착하였습니다."

깡통 로봇은 65층 문 앞까지 용탄자와 엘바트론으로 가이드해 주고는 눈꼴시게 아부를 떨어 댔다.

고블린들이 이 깡통 로봇에 생존을 위한 행동 변화 시스템을 아주 깊게 탑재해 놓은 모양이었다.

"65층은 공중 도시 건설자이자 스카이머신 주식회사 최대 주주이신 골드리치께서 머무시는 팬트하우스와 공중 도시 조종실이⋯⋯."

"그만 조잘대고 이만 물러나 줬으면 좋겠는데?

뭐…… 험한 꼴이 보고 싶다면야 말리지는 않겠……."

"좋은 하루 되세요!"

깡통 로봇은 용탄자의 말이 채 끝나기도 전에 쌩하니 사라져 버렸다.

"초인종을 누른다고 이 문이 열리지는 않겠제?"

"그렇겠지?"

"내가 할까, 아니면 니가 할래?"

엘바트론은 묻는 용탄자를 보고 씨익 웃더니 비켜서라 손짓하고는

"크라아아아아아시!"

뻥!

숨을 크게 들이마셔 힘의 브레스를 내질렀다.

은행의 초대형 금고 문처럼 아주 두껍고 단단하게 생겨먹은 65층으로 들어가는 문이 엘바트론의 브레스에 한껏 구긴 깡통처럼 찌그러져 나동그라졌다.

"뭐고 아무도 없네?"

65층의 문을 부숴 버리고 안으로 들어가 보니 최고급 와인으로 채워진 수영장과 금으로 지어진 팬트하우스가 펼쳐졌는데 아무도 없었다.

경비가 아주 삼엄할 거라 예상하고 다섯목소리를 휘

두를 준비했던 용탄자는 다섯목소리를 어깨에 걸치고
싱거워했다.

"잠깐, 지금 무슨 소리 안 들려?"

"……"

엘바트론은 용탄자에게 잠깐 조용하라 신호를 보내고
희미하게 들려오는 소리를 찾았다.

"이쪽인 것 같은데?"

용탄자는 희미하게 들려오는 소리를 쫓아 계단을 타
고 위로 올라갔다.

그리고 다이아몬드로 만들어진 문을 지나고 사파이어
로 만들어진 문을 지나 아주 살짝 열려 있는 루비로 만
들어진 문을 열고 방 안으로 들어갔는데 아무도 없었
다.

하지만 옷장이 옆으로 밀려 있었고 밀린 옷장이 원래
등을 기대 있던 벽에 또 다른 문이 달려 있었다.

"……"

소리는 그 문을 통과해 들려오고 있었다.

"아무래도 여기가 조종실인 모양인데?"

"그런 모양이야."

용탄자는 문을 발로 차 부숴 버리고 안으로 들어갔는

데 옷장 뒤 숨겨져 있는 이 방은 용탄자의 생각대로 공중 도시 조종실이 맞았다.

수많은 버튼과 래버들이 질서 따위를 무시하고 아무 곳에 마구마구 달려 있는 정말 정신 사나운 고블린이 아니고서야 절대 고종할 수 없는 그런 조송실이었다.

"히이이익!"

아이들이 어질러 놓은 장난감들처럼 어지럽게 널려 있는 버튼과 래버들을 능수능란하게 만지며 공중 도시를 몰고 있는 골드리치가 각종 기계들의 엔진오일을 곳곳에 묻힌 채 조종실로 쳐들어온 침입자들을 보고 놀라

뻬이이이이익!

비상 버튼을 눌렀지만 그 비상 버튼에 달려오는 경비 로봇들은 없었다.

"딕스해머가 이 자리에 없는 것을 다행으로 여겨라. 아마 그 드워프가 여기 있었다면 너는 그냥 죽지는 못했을 테니까!"

엘바트론은 도망치려는 골드리치의 목을 움켜잡아 들어 올렸다.

"살려 줘! 살려 줘! 원하는 건 다 얘기해 줄게!"

골드리치는 목을 움켜잡은 엘바트론의 손을 잡고 버둥거리며 소리쳤는데 24개의 금이빨들이 번쩍거렸다.

"어떡하노? 우리는 니한테 듣고 싶은 게 하나도 없는데……."

용탄자는 창날을 골드리치의 목에 겨누며 말했다.

골드리치는 용탄자의 서슬 퍼런 다섯목소리의 창날이 목에 들어오자 턱까지 부들부들 떨며 이빨을 딱딱 부딪혀 댔다.

"내 얘기 들으면 생각이 바뀌게 될 걸?"

"듣고 있으니까 계속해 봐."

엘바트론은 다섯목소리를 듣고 있는 용탄자의 손을 내렸다.

"너희들은 너희들이 세상에서 제일 똑똑한 줄 알지? 아니야."

"그게 뭔 개소리고? 이 새끼가 살려고 별 지랄을……."

"계속해 봐."

"다크 메인 님께서는 너희들이 공중 도시로 올 거라는 것을 미리 알고 계셨어!"

골드리치의 말에 용탄자는 주변을 경계하며 드래곤

슬레이어의 기습을 대비했다.

신경을 극도로 예민하게 만들어 주변을 살폈지만 드래곤 슬레이어의 움직임은 그 어디에서도 일어나지 않고 있었다.

"이 새끼가 뒤질려고!"

용탄자는 엘바트론의 손에서 골드리치의 목을 낚아채 붉은 눈을 골드리치의 눈앞에서 부라리며

"이 근처에 드래곤 슬레이어는 한 마리도 없는데 무슨 개소리야? 감히 용아족 왕을 속이려고 하다니!"

"난 드래곤 슬레이어가 내 공중 도시에 있다고 말한 적 없어! 켁켁켁!"

골드리치는 목뼈를 부셔 버릴 듯 목을 죄어 오는 용탄자의 손아귀 힘에 사레 들린 것처럼 발작적으로 기침을 해 댔다.

"탄자야! 지금 죽이면 안 돼! 이 녀석 분명히 뭘 알고 있는 눈치야!"

"당연…… 켁! 당연하지! 켁켁켁!"

"죽고 싶지 않으면 당장 말해라!"

"후우~"

용탄자의 손아귀 힘이 조금 풀어지자 골드리치는 이

제 살겠는지 안도의 한숨을 내쉬었다.

"좋아! 나하고 거래를 하자구!"

"뭐?"

용탄자는 이 마당에 거래를 하려 드는 골드리치의 뻔뻔함에 눈살을 찌푸렸다.

"나하고 거래를 하자구! 내가 아주 중요한 정보를 알려 줄 테니까 날 살려 줘!"

"이 새끼가!"

용탄자는 고블린의 뻔뻔함을 더 이상 참을 수가 없는지 다섯목소리를 들어 올렸지만 엘바트론이 그의 팔을 잡았다.

"네 말대로 난 죽고 싶지 않아서 말하는 거라구!"

"탄자야……."

"들어 보고 결정할 테니까 어서 말해라."

"내 물건부터 보고 결정하겠다 이거야? 이거 밑지는 장사지만 어쩔 수 없지. 내가 좀 전에 말한 대로 다크 메인 님께서는 너희들이 현실세계의 인질들을 구하기 위해서 이곳까지 올 거라는 걸 알고 계셔!"

"그런데 왜 이렇게 방비를 허술하게 해 놨는데? 우리가 올 걸 예상했다면 드래곤 슬레이어 한 부대 이상은 주둔시켰어야 정상이지."

"다크 메인 님께서는 너희 두 지도자를 잡으려는 게
아니라 너희들이 이끄는 군단을 없애려고 하는 거야.
로얄 드래곤 근처에 매복해서 박쥐 기계들이 멈추기를
기다리고 있는 건 너희들의 군단뿐만이 아니야!"

"어서 공격 명령을 멈춰야 해!"

"하지만 무슨 수로? 연합군은 지금 방콕에 있는데
우린 파리 상공에 있다 아이가?"

"그것뿐만이 아니야! 너희들은 다크 메인께서 현실세
계에 숨겨진 악마의 세계 림보에서 드래곤 요리사들을
나오게 한 게 드래곤 좀비들을 만들기 위해서라고 알고
있지?"

"그럼……."

"다크 메인께서는 판타지세계에서 사냥한 드래곤 라
이더들의 드래곤들로 자신의 휘하 드래곤 슬레이어들을
더욱 강력하게 만들려고 하고 계셔."

"그럼 로열 드래곤에서 드래곤 요리를 먹고 있는 사
람들은?"

"폴리모프한 드래곤 슬레이어들이야."

"일단 빨리 본부로 돌아가자! 어서!"

용탄자는 목을 움켜쥔 골드리치를 던져 버리고 데쓰무쓰를 폴리모프해제시켜 등에 오르며 소리쳤다.

"알았어!"

사태의 심각성을 파악한 용탄자와 엘바트론은 데쓰무쓰와 그렁키를 타고 급히 공중 도시를 빠져나가 한국으로 향했다.

"켁켁켁! 휴우~ 더 많은 금을 얻어 보지도 못하고 죽을 뻔했네."

위기에서 겨우 탈출한 골드리치는 손자국이 진하게 남은 목을 만져 보며 목이 잘 있나 없나 확인했다.

"역시 이 골드리치는 탈출 전문이란 말이야! 그나저나 아래층에 있는 내 깡통 로봇은 잘 있나 모르겠네. 킥킥킥킥!"

골드리치는 살아남은 것에 금니를 전부 다 드러내 놓고 웃으며 기뻐했지만 점점 다가와 자신을 가리는 그림자에 고개를 들었는데

"울트라······ 캡숑 짱 왕 멋진 영웅님께······ 자비······를······. 자아아아아아비이이이이르르르르으을······."

골드리치의 금이빨 24개짜리 미소가 싹 사라져 버렸다.

"하아……. 다크 메인 님께서 미리 알고 계셨던 것이
한 가지 더 있다는 것까지는 자네도 미쳐 알고 있지 못
했나 보구만……."

드래곤 슬레이어 문디람이 찌그러트린 깡통 로봇을
한 손에 든 채 골드리치를 보며 웃고 있었다.

"헤헤헤헤…… 무엇을?"

골드리치는 공포에 실성하여 웃어 댔다.

"그건 바로 네가 배신하여 우리들의 전략을 누설한다
는 것이었지."

"그럼 처음부터……."

"처음부터 모든 게 계획된 거였지. 이제야 알게 된
모양이구만. 지금까지 계획대로 움직여 주고 계획대로
배신해 줘서 아주 고맙네."

문디람은 손에서 깡통 로봇을 놓아 버림과 동시에 창
지팡이를 휘둘러 골드리치의 목을 잘라 버렸고 골드리
치의 머리는 그가 평소 가지고 놀기를 좋아했던 깡통
로봇과 동시에 바닥에 나동그라졌다.

문디람은 골드리치의 시체를 발로 짓밟아 버리고는
공중 도시를 조종해 고도를 높혔다.

＊　　＊　　＊

　한편 지금 방콕의 로얄 드래곤 주변에는 드래곤 요리
사들을 급습하기 위해 관광객으로 위장하여 주변을 배
회하고 있는 연합군들로 북적였다.

　연합군들은 관광객으로 위장하여 로얄 드래곤 주변을
관광하는 척하며 하늘을 살폈다.

　"엄마! 저게 뭐야?"

　"글쎄…… 아마도 무슨 행사를 하는 모양이야."

　방콕의 시민들은 하늘에 떠 있는 박쥐 기계들을 행사
에 쓰일 열기구 풍선쯤으로 보고 있었다.

　"행사라…… 맞는 말이긴 하군요! 아주 거~한 행사
가 곧 열리게 될 테니까요!"

　웬트람은 정말 관광객처럼 방콕에서 파는 기념품들을
사면서 시민들이 나누는 대화를 엿들었다.

　"웬트람! 지금 여기 관광 왔어요? 그만 좀 사고 빨리
준비하세요. 이제 곧 박쥐 기계가 떨어질지도 모른다구
요."

　"관광객으로 위장을 했으면 관관객처럼 즐겨야죠!"

　"하아! 그런데 제이는 어디에 있는 거야……."

정말 관광객이 된 웬트람과 브리스가 한창 티격태격 싸우고 있을 무렵 제이는 정말 오랜만에 다시 만난 롤핀과 방콕 데이트 중이었다.

하게둔은 두 얼빠진 폰테인 기사단장들의 행동에 고개를 절레절레 흔들며 역시 고개를 절레절레 흔들고 있는 브리스에게 다가가

"우리 용아족이 선봉에 서겠소. 붉은 수염 일족 족장이 먼저 로얄 드래곤 안으로 들어가 드래곤 요리사들을 밖으로 끌어낼 테니 그 다음 악마들을 처치합시다."

"집중 포격으로 로얄 드래곤을 송두리째 없애 버리는 게 좋지 않을까요?"

"저기 보이시오? 로얄 드래곤에서 식사하고 있는 민간인들이 많소. 저들이 전부 다 드래곤 요리를 먹고 있다는 보장도 없고. 더군다나 주변에 사람들도 많고 말이오. 이대로 로얄 드래곤을 포격한다면 민간인 피해가 막심할 거요."

"알겠어요."

브리스는 고개를 끄덕이고는 폰테인 기사단에게 명을 내렸다.

쾌직! 쾌직!

얼마나 지났을까?

원격조종 신호가 끊긴 박쥐 기계들이 정지 상태가 되어 하늘에서 떨어져 로열 드래곤 주변 민가로 떨어져 내렸다.

"이곳에 사는 민간인들에게 서프라이즈를 선물할 때군요!"

박쥐 기계들이 떨어지는 것을 확인한 웬트람은 자신의 드래곤을 폴리모프해제시켜 등에 올랐고 웬트람 주변에 있던 그의 드워프, 엘프 사수들이 함께 드래곤의 등에 올랐다.

"롤핀, 절대로 죽으면 안 돼!"

제이 역시 본분을 잊지 않고 웬트람과 함께 제일 먼저 전투태세를 갖추고 하늘로 날아올랐다.

박쥐 기계가 하늘에서 떨어짐과 동시에 연합군들이 하늘로 날아올랐고 방콕의 주민들은 처음 보는 광경에 저마다 비명 혹은 환호성, 감탄사를 내뱉었다.

뭐 처음 뱉어 낸 소리는 달랐지만 드래곤스가 투명 마법을 해제하여 하늘에 모습을 드러내 그림자를 드리우자 비명으로 통일되었다.

"우리는 로얄 드래곤이 아니라 바로 이곳 상공에서

악마들과 싸울 것이다! 모두들 전투태세를 갖추고 대기하라!"

하게둔은 쩌렁쩌렁 울리는 목소리로 소리치며 붉은 수염 일족 족장에게 고개를 끄덕여 신호를 보냈고 붉은 수염 일족 족장은 최정예 전사들을 이끌고 로얄 드래곤으로 들어갔다.

로얄 드래곤은 세계 최대의 레스토랑답게 어마어마하게 넓었고 많은 사람들이 식사를 즐기고 있었다.

그런데 이상하게도 이들은 생애 처음 보는 드래곤과 드래곤 라이더들을 보고서도 놀란 기색 없이 너무나 여유롭게 식사를 즐겼다.

"설마 모두 다 벌써 드래곤 요리를 먹은 건가?"

붉은 수염 일족 족장은 드래곤을 타고 날아온 자신들을 보고도 아무렇지 않게 식사하는 사람들을 보며 불길한 예감이 들었다.

"다들 식사를 중지하고 어서 이곳을 빠져나가라! 어서!"

붉은 수염 일족 족장은 로얄 드래곤에 있는 모두가 들릴 만큼 큰소리로 소리쳤지만 아무도 그의 목소리를 듣지 못한 듯 서로 대화를 나누며 식사를 즐겼다.

"어서 일어나라!"

붉은 수염 일족 족장은 주변에 한상 거하게 차려진 테이블에 앉아 식사를 하고 있는 여섯 명의 사람들 중 왠지 모르게 낯이 익은 한 명을 잡아 일으켜 세우려 했지만 그의 몸은 꿈쩍도 하지 않았다.

"그동안 잘 지냈나? 오랜만에 봤으니 앉아서 같이 식사라도 하지."

그 남자는 붉은 수염 일족 족장을 아는지 정답게 인사를 건넸다.

"난 그대를 알지 못한다. 어서 일어나 이곳을 나가라!"

"나를 알지 못한다……."

붉은 수염 일족 족장이 일으켜 세우려는 남자는 자신을 알지 못한다는 족장의 말을 곱씹으며 허탈스럽게 웃더니 붉은 눈을 들어 붉은 수염 일족 족장을 쳐다봤다.

"용아족의 진정한 왕인 나 용아린을 알아보지 못한다니 그대는 폭군의 신하가 다 된 모양이야."

"용아린 왕자님?"

"흐음~"

용아린은 이대로 헤어져야 함이 아쉬운지 한숨을 내

쉬며 창지팡이로 붉은 수염 일족 족장의 심장을 꿰어 버렸다.

그리고 부들부들 떨며 피를 토해 내는 족장의 귀에다 입을 가까이하여

"너무 원망하지 말게나. 그대들은 우리 붉은 눈 왕족들이 폭군의 군대의 검기에 쫓겨 용아족 땅에서 도망치는 동안 침묵하고 폭군을 따른 대가를 받는 것일 뿐이니까."

"크아아아아악!"

곳곳에서 폴리모프한 채 드래곤 요리를 먹고 있던 드래곤 슬레이어들에게 무자비하게 도륙당하는 붉은 수염 일족의 비명 소리가 터져 나왔다.

"네놈들이 따르는 폭군과 그의 아들놈도 곧 황천길로 들어서게 될 테니 손 잡고 황천길을 떠도시게나."

다크 메인은 현재 용아족을 이끌로 자신에게 대항하는 자가 자신의 아들임을 꿈에도 알지 못했다.

"제크탄!"

다크 메인은 어느새 싸늘한 시체가 된 붉은 수염 족장의 왼쪽 가슴에서 창날을 뽑아내며 누군가를 불렀다.

"예. 부르셨습니까?"

다크 메인의 부름에 외눈박이 드래곤 요리사가 그의 곁으로 왔다.

"이 배신자들의 드래곤들 역시 요리해서 가져와라."

"그럼 이 드래곤들의 영혼은……."

"계약대로 너희들에게 던져 줄 테니 어서 요리해서 가져오라."

"히히히히히! 림보로 돌아가면 왕처럼 살 수 있겠다."

제크탄과 그의 졸개 드래곤 요리사들은 더욱더 강력해진 드래곤 슬레이어의 창지팡이에 도륙난 붉은 수염 일족의 드래곤들을 산 채로 잡아 주방으로 끌고 갔다.

"베리어를 가동시켜라! 어서 폭군의 군대와 판타지세계의 떨거지 놈들을 쓸어버리고 싶구나."

다시 폴리모프하여 인간의 모습으로 테이블에 착석한 다크 메인은 드래곤 요리를 먹으며 명을 내렸다.

잠시 후 로얄 드래곤을 감싸는 단단한 방어막이 형성되었고 또 로얄 드래곤 주변 방콕 일대를 감싸는 단단한 방어막이 형성되었다.

"이게 뭐지?"

로얄 드래곤과 일정 거리를 두고 전투태세를 갖추고 있는 연합군은 졸지에 두 방어막 사이에 갇혀 버린 상태가 되었다.

"너희들이 나를 상대하려 했던 것 그 자체가 실수다. 실수의 대가를 치르게 해 주지."

다크 메인은 두 방어막 사이에 갇혀 버린 연합군을 감상하며 드래곤 요리를 먹었다.

"기폭 장치는 어디 있나?"

다크 메인이 손을 내밀어 기폭 장치를 찾자 공중 도시에 무슨 일이 생겼는지 꿈에도 모르는 고블린이 냅다 튀어와 다크 메인의 손에 공손히 기폭 장치를 올려놓았다.

"지금 폭탄을 가동시킬까요?"

다크 메인은 대답 대신 고개를 끄덕였다.

다크 메인의 허락이 떨어지자마자 고블린은 서둘러 로얄 드래곤 지하실에 있는 폭탄 조종실로 달려갔다.

잠시 후 고블린들이 로얄 드래곤 주변 일대에 매설해 놓은 폭탄들이 날아올랐는데 배가 불룩 튀어나온 날개 달린 뚱땡이 고블린 자폭 폭탄들이었다.

정말 심술궂게 생긴 폭탄들의 수가 곤충 떼처럼 어마

어마하게 많아 그 수를 헤아리는 것이 불가능했다.

카작! 카작! 카작! 카작!

천 마리가 넘는 고블린 자폭 폭탄들은 곤충이 사람 발에 밟혀 으스러지며 내는 소리를 내며 날갯짓을 하여 연합군이 있는 곳으로 날아가기 시작했다.

"정말 보기만 해도 구역질이 나는 고블린 뚱보 로봇들이 우리 쪽으로 날아오는데요?"

웬트람은 그답지 않게 고블린들이 영악한 머리로 만들어 낸 기계 떼를 보고 얼굴을 찡그렸다.

"고블린의 추악한 로봇들을 모두 격추시켜 땅으로 떨어트려라, 어서!"

고블린 폭탄 떼가 다가옴에 따라 풍기는 고농축 화약 용액 냄새에 하게든은 서둘러 연합군에 공격 명령을 내렸다.

"다크 메인 님. 저희 뚱땡이 자폭 폭탄들은 폭발하기 전에 공격을 받으면 폭발할 수 없습니다. 강력한 초고농축 화약 용액을 폭발시키는 장치가 워낙 민감해서 조그마한 충격에도 망가져 버릴 겁니다."

원격조종하고 있는 뚱땡이 자폭 폭탄 떼를 공격하려는 연합군의 모습에 고블린은 서둘러 다크 메인에게 연락을 취했다.

"그럼 안 되지."

다크 메인은 기폭 장치에서 들리는 고블린의 말에 기폭 장치에 달린 빨간 단추를 눌렀다.

키득! 키득! 키득! 키득! 키득!

뚱땡이 자폭 폭탄들은 폭파 신호에 기분 나쁜 웃음소리를 냈다.

"모두 드래곤스 안으로 피신하시오!"

"자폭 로봇들이다!"

"비겁한 고블린 놈들!"

고블린들이 만든 모든 기계들이 폭발할 때 이런 기분 나쁜 웃음소리를 낸다는 것을 알고 있는 드워프들은 드래곤 나이트들에게 어서 빨리 드래곤은 드래곤스 안으로 피신시키라고 절박하게 소리 질렀다.

"모두 드래곤스 안으로 피신하라!"

다섯 드래곤 장로는 용탄자를 대신하여 용아족 전체에 명을 내려 용아족들을 입을 벌린 드래곤스 안으로 피신시켰다.

키득! 키득! 키득! 키득!

그런데 뚱땡이 자폭 폭탄들 중 세 마리가 연합군을

따라 드래곤스 입으로 들어가고 말았다.

꽈과과과광!

드래곤스 입안으로 들어가 가장 먼저 터진 세 마리의 폭발음이 드래곤스 안에서 일어났고 드래곤스는 검은 연기와 폭발에 산산조각 난 연합군의 시체를 뱉어 내며 괴로워했다.

"어쩔 수 없구만! 이대로 광역 방어막을 형성하는 수밖에! 거대 드래곤이여, 괴롭겠지만 고도를 유지해 주게나!"

메켄타스는 나머지 네 드래곤 장로와 함께 연합군을 폭탄들의 자폭으로부터 지키기위해 보호막을 형성했다.

"하하하하하하! 조라크! 그대가 드래곤 장로들까지 그대의 편으로 만들다니 놀랍구만. 미안하지만 메켄타스 님이시여, 그대가 붉은 눈썹들을 제일 아끼신다면 붉은 눈 일족을 이끄는 나 용아린은 그대를 살릴 이유가 없습니다."

다크 메인은 연합군과 뚱땡이 고블린 자폭 폭탄들이 대치한 보호막 밖의 상공을 디너쇼 삼아 드래곤 요리를 들었고, 휘하 드래곤 슬레이어들 역시 곧 있을 대폭발을 기대하며 테이블 가득한 드래곤 요리를 들었다.

꽈아아아아아아아아아아아앙!

다섯 드래곤 장로가 펼친 광역 보호막에 부딪힌 뚱땡이 고블린 자폭 폭탄들이 자폭을 시작했다.

꽈아아아아아아아아아아아아아아앙!

자폭은 한 번으로 끝나지 않았다.

폭탄들은 광역 보호막 주변을 둥글게 둘러싼 후 맨 앞줄이 보호막으로 날아가 부딪혀 자폭하면 또 다음 줄이 날아가 자폭하는 식으로 계속해서 자폭을 해 대며 보호막을 두드렸다.

"하하하하하! 언제까지 버틸 수 있는지 두고 보겠습니다. 메켄타스 님!"

다크 메인은 보호막을 유지하기 위해 안간힘을 쓰는 다섯 드래곤 장로를 흥미롭게 바라봤다.

꽈아아아아아아아아아아아아아아아아앙!

가면 갈수록 폭발은 강도를 더해 갔고 다섯 드래곤 장로는 힘겨워했다.

쩍! 쩍!

아무리 드래곤 장로들이라 해도 연합군을 모두 보호

하는 보호막을 펼친 상태로 곤충 떼처럼 끝이 보이지
않는 폭탄들의 끝없는 자폭에는 당해 낼 수 없는지 유
리가 깨지듯 보호막 곳곳이 깨져 구멍이 생겨나기 시작
했다.

키득! 키득! 키득! 키득!

쫘아아아아아아아아아아아아아앙!

뚱땡이 고블린 자폭 폭탄들은 조금의 쉴 틈도 없이
보호막에 부딪혀 자폭하여

쩍! 쩌저저적!

광역 보호막 곳곳을 깨부숴 구멍을 만들었고

키득! 키득! 키득! 키득! 키득!

그 구멍을 따라 더 많은 수의 뚱땡이 고블린 자폭 폭
탄들이 광역 보호막 안으로 들어와

쫘아아아아아아아아앙!

자폭하여 연합군들을 추락시켰다.

시간이 가면 갈수록 광역 보호막 아래에는 연합군들
의 시체가 쌓여 갔다.

"더는 못 버티겠네, 메켄타스!"

"더 이상은 무리야!"

강력한 폭발에도 용케 보호막을 유지시키고 있는 다

섯 드래곤 장로도 이제 서서히 한계에 다다랐다.

광역 보호막 내부는 지금 물 풍선 안의 물처럼 고인 연합군의 시체로 가득했고 보호막 밖에는 아직도 자폭 차례를 기다리는 폭탄들이 가득했다.

정말 절망 그 자체였다.

도망치자니 로얄 드래곤 주변 일대에 쳐진 보호막 때문에 그럴 수도 없었고 드래곤 슬레이어들을 공격해서 기폭 장치를 빼앗자니 로얄 드래곤에 쳐진 보호막 때문에 그것 역시 어려운 일이었다.

"이번 전쟁을 마무리하고 긴 수면을 취하려고 했지만……."

드래곤스는 검은 연기를 마저 뱉어 내고는

크아아아아아아아아아앙!

폭발음을 묻어 버릴 정도로 우레 같은 목소리로 울부짖으며 숨을 들이마셨는데 다섯 드래곤 장로를 포함한 전 연합군들만 삼켜 버렸다.

그리고 나서 마지막 힘을 짜내 순간 이동을 감행했고 잠시 후에는 떨어진 유리잔처럼 산산조각이 나고 있는 광역 보호막 안에는 뚱땡이 고블린 자폭 폭탄들밖에 없었다.

"흐음······. 고블린 기술자들을 모조리 잡아와라."

다크 메인은 연합군이 탈출한 뒤 광역 보호막이 깨어져 우박처럼 땅으로 떨어져 내리는 것을 지켜보며 함께 드래곤 요리를 먹고 있는 드래곤 슬레이어에게 명했다.

"다크 메인 님! 저희들은 다크 메인님께서 시키시는 모든 것을 다 했습니다."

잠시 후 40명이 넘는 고블린들이 다크 메인 앞에 잡혀와 무릎이 꿇려졌다.

"시키는 모든 일들을 다 했지. 덕분에 우리 드래곤 슬레이어의 적들은 전력이 반 이하로 줄어들었으니 말이야."

"그런데······."

"그런데 말이야. 골드리치와 네 족속들은 언제 배신할지 모른다는 아주 큰 단점이 있어. 어쩌면 이미 배신했을지도 모르겠군."

"저희들은 오로지 다크 메인 님만을 따를 겁니다. 그러니 부디······."

다크 메인은 주머니에서 고블린이 만들어 준 초소형 무전기의 전원을 켰다.

"문디람. 상황을 보고하라."

치이이이이익!

잠시 후 현실세계의 사과폰보다 훨씬 작은 초소형 무전기에서 문디람의 응답 소리가 들려왔다.

"우리의 계획을 적에게 발설한 골드리치를 죽이고 공중 도시의 고도를 높이고 있습니다. 다크 메인 님. 이곳 상황은 모두 다크 메인 님께서 예측하신 대로, 그리고 뜻하신 대로 움직이고 있습니다."

"알았다. 고도를 한계 지점까지 상승시키면서 동시에 한국으로 이동시켜라."

"알겠습니다."

원하는 답을 들은 다크 메인은 초소형 무전기를 다시 주머니에 넣고 벌벌 떨고 있는 고블린들을 쳐다보았다.

"너희들은 너희들의 시커먼 속을 눈감아 줄 수 있을 정도로 아주 쓸모가 있었다. 지금까지는 말이다. 하지만 너희들의 이용 가치가 없어진 지금은 이익에 따라 배신을 밥먹듯이 하는 너희 고블린들의 역겨움을 참아 줄 아무런 이유가 없다."

다크 메인은 드래곤 슬레이어들에게 손짓을 했고 손짓의 의미를 알고 있는 드래곤 슬레이어들은 말없이 창지팡이를 들어 고블린들을 죽여 없앴다.

"오프닝은 이만하면 됐으니 이제 본격적인 공연을 시작해야겠군. 드래곤 요리사 놈들아! 어서 드래곤 요리를 내와라!"

6. 최후의 결전

본의 아니게 무기한 휴교를 하게 된 병영초등학교는 현재 아무도 없어 썰렁하기만 했다.

정말 개미 새끼 한 마리 없다는 표현이 딱일 정도로 초등학교 안에는 물론 주변 문방구 그리고 도로에도 사람이 없었다.

드래곤스가 나타난 이후 목격자들의 제보가 끊이질 않아 울산시청은 혹시나 뉴스에서 보았던 검은 외계인들의 습격을 염려하여 병영에 주거하는 사람들을 전부 대피시키고 출입 금지시켜 놓은 상태였다.

콰과과과과광!

아무도 없어 아무 소리도 들리지 않는 병영초등학교에 갑작스럽게 순간 이동으로 나타난 드래곤스는 학교 건물을 부숴트리며 병영초등학교 운동장에 쓰러졌다.

"사령관에게 더 이상 도움이 될 수 없어 미안하다 전해라……."

드래곤스는 입을 벌리고 쓰러진 채로 그대로 잠에 빠져 버렸다.

"모두 드래곤스에서 나간다!"

하게둔은 연합군을 데리고 드래곤스를 나왔는데 연합군의 수가 반 이하로 줄어들어 있었다.

"이 거대 드래곤이 아니었다면 우리 모두 고블린이 만들어 낸 고약한 기계 떼에게 전멸했을 걸세."

메켄타스는 엎드려 누운 채로 굳어 버린 듯 잠을 자고 있는 드래곤스를 나오며 드래곤스를 칭찬했다.

우당탕탕!

연합군이 드래곤스 안에서 모두 나왔을 때 드래곤스 내부에서 시끄러운 공사장 소리가 들려왔다.

"드래곤스 내부가 새롭게 바뀌고 있어요. 정말 드래곤스가 다시 언제 깨어날지, 아니면, 평생 깨어나지 않을지도 모르는 깊은 잠에 빠져들었네요."

드래곤스가 새롭게 자리를 잡은 병영초등학교와 그 일대는 이제 병영초등학교와 그 일대가 아니라 드래곤스가 위치한 곳이 되어 버렸다.

얼마나 시끄러운 공사장 소리가 드래곤스 내부에서 들려왔을까 점차 그 소음은 줄어들더니 없어져 버리고 사람 형상의 연기가 드래곤스 입을 걸어나와

"드래곤스 내부 수리가 완료되었습니다. 안으로 들어오시죠!"

드래곤스 밖에 있는 연합군들에게 손짓했다.

"혹시 유령인가요? 유령이라면 물어보고 싶은 게 엄청 많은데 말이죠!"

웬트람은 손짓하는 연기에게 물었다.

"유령이요? 저는 유령이 아니라 드래곤스에 깃든 정령들 중 하나입니다. 웬트람 선생님."

"저를 아시나요?"

"당연히 알죠! 드래곤스 선생님을 제가 모를 리가 없죠!"

"그런데 전 유령 친구가 없는데요? 드래곤스의 정령을 친구로 둔 적은 더더욱……."

"그럼 혹시 말하는 지도는 알고 있나요? 드래곤스 위장에서 일하는 국자는요? 접시는요?"

"그렇다면……."

"아무리 마법이 위대하다지만 생명을 창조하는 마법은 없다는 걸 웬트람 선생님이 모르시다니…… 돌팔이 마법사시군요! 드래곤스에서 일했던 모든 살아 움직이는 물건들은 전부 다 저희 드래곤스의 정령들이죠!"

"그렇군요!"

"유령이라……. 이번에는 살아 움직이는 물건이 아니라 유령으로 모습을 바꿔 봐도 재밌을 것 같네요!"

뿌연 사람 형상의 연기의 모습을 하고 있던 드래곤스 정령은 어느새 모습을 바꿔 창백한 유령으로 변했다.

"너무 평범한가?"

드래곤스 정령은 바뀐 자신의 모습이 마음에 들지 않은지 주머니에서 도끼를 꺼내 머리에 꽂았다.

"이제 좀 낫네요! 어서 안으로 들어오세요!"

연합군들은 도끼에 머리를 찍힌 유령을 따라 드래곤스 안으로 들어가 부상자들을 돌보고 휴식을 취했다.

다음 날 아침 비행기도 비행하지 않는 병영 상공에

급히 어디론가로 날아가는 드래곤 두 마리가 나타났다.

드래곤 두 마리는 곧장 병영초등학교가 있던 곳으로 날았다.

"모두 당한 건가!"

용탄자는 엎드려 잠을 자고 있는 드래곤스와 주변의 고요함에 불길한 예감이 들어 데쓰무쓰를 드래곤스 앞에 착륙시키고 내려 주변을 자세히 살폈다.

"드래곤스가!"

엘바트론은 용탄자를 따라 착륙하여 그렁키의 등에서 내려 굳어 버린 채 잠에 빠진 드래곤스를 보며 놀란 가슴을 진정시키지 못했다.

용탄자와 엘바트론은 주변을 둘러보며 연합군을 찾았지만 주변은 부서진 건물들밖에 없었다.

"안녕하십니까!"

밖의 소란스러움에 드래곤스를 나온 도끼에 머리 찍힌 유령은 용탄자와 엘바트론을 발견하고는 살금살금 다가가 큰소리로 인사를 건넸다.

"음? 뭐고?"

"유령? 설마 우리 지금 그린포트 마을에 온 건 아니지?"

"케이린 숲 나무들이 안 보이는 걸 보니 케이린 숲

속은 아닌 것 같고⋯⋯."

놀라 자빠질 거라 기대했던 용탄자와 엘바트론이 전
혀 놀라지 않자 유령은 풍선에 바람 빠지듯 실망하며

"놀랄 줄 알았는데 더 무섭게 변장해야 하나⋯⋯. 연
합군은 지금 드래곤스에서 휴식을 취하고 있어요. 용탄
자, 트래퍼스."

"우리들을 알아?"

"그럼 잘 알지! 웨쎈시아도 알고 말이야!"

"니 누군데?"

"누구긴 누구야! 너희들이 우리 살아 움직이는 물건
들의 정체를 밝혀내겠답시고 괴롭힌 드래곤스 위장에서
일했던 숟가락이지!"

"아~ 그런데 지금은 모습이 바뀌었네?"

"우리들은 드래곤스에 사는 정령들이야. 드래곤스가
깨어나면 잠을 자고 드래곤스가 잠을 자면 깨어나는 드
래곤스 정령 말이지. 우리들은 잠에서 깨어날 때마다
한 번씩 모습을 바꿀 수 있지. 이번에는 유령이야! 어
때 무섭지? 음하하하하하하!"

"용아족 대전사와 나의 기사단장들은 지금 어딨어?"

"뭐? 용아족 대전⋯⋯ 뭐?"

"하아! 드래곤스 선생님들은 지금 어딨는데?"

"아~ 선생님들? 지금 드래곤스 머리에 모여 계셔!"

유령의 말에 용탄자와 엘바트론은 곧장 드래곤스 머리로 향했다.

"폐하!"

"사령관!"

드래곤스 머리에 모여 심각하게 회의 중이던 드래곤스 선생님들은 돌아온 용탄자와 엘바트론을 반겼다.

"다크 메인은 우리가 방콕의 로얄 드래곤으로 올 것을 미리 알고 있었습니다. 그는 함정을 파 놓고 우리를 기다리고 있었습니다."

달리온은 돌아온 왕을 끌어안아 반겼다.

"그뿐만이 아닙니다, 사령관. 드래곤 요리사들이 만든 드래곤 요리를 먹는 자들은 현실세계의 일반인들이 아니라 드래곤 슬레이어들이었습니다. 그놈들은 드래곤 요리를 먹으면서 힘을 키우고 있었습니다."

브리스가 사령관에게 인사하며 말했다.

"연합군 얼마가 방콕에서 돌아오지 못했습니까?"

"반 이상의 병력 손실이 났고 드래곤 장로님들께서는 광역 보호막으로 우리를 보호하느라 힘을 소진한 상태예요. 사령관……."

제이는 참담한 표정으로 다크 메인이 파 놓은 함정으로 손실된 연합군의 전력을 보고했다.

"그리고 드래곤스는 다시 잠에 빠져들어 버렸네요. 아버지께서 마지막 힘을 쥐어짜 내 깨우신 드래곤스가……."

"판타지세계에 다시 드래곤스를 설립할 수 없게 됐네……."

용탄자와 엘바트론은 자신들의 잘못된 결정으로 인해 잃어버린 수많은 목숨들과 부서진 여러 가지들에 차마 말을 잇지 못했다.

두 리더의 침묵에 모두가 침묵했고 잠들어 버린 드래곤스 머리에 침묵이 흘렀다.

"이러고 있을 시간이 없다. 하게둔, 용아족 전사들 중 비행이 가능한 자들을 선별해서 다크 메인의 움직임을 파악해 주세요."

"네. 폐하."

용탄자는 이렇게 패배의 쓰라림에 멍하니 있는다고 해서 잃은 목숨들이 돌아오지 않음과 용아족의 수장인 자신이 이렇게 넋을 잃고 침묵하면 드래곤 슬레이어들

을 당해 낼 수 없음에 하게둔에게 정찰병을 세계 각지
로 날려 보내라 명을 내렸다.

"부상자들은 얼마나 됩니까?"

"어림잡아 1,000명 정도가 됩니다."

"회복 마법을 부릴 줄 아는 자들을 용아족, 폰테인
기사단 가리지 말고 차출하여 부상자들을 빨리 회복시
켜 주세요. 드래곤 슬레이어들이 언제 어디서 나타날지
모릅니다."

침묵을 지키던 엘바트론 역시 다시 마음을 가다듬고
기사단장들에게 명을 내렸다.

연합군은 병영초등학교와 그 인근 땅에 엎드려 잠을
자고 있는 드래곤스에 주둔하여 재정비를 시작했다.

❖　　　❖　　　❖

한편 방콕에서 연합군을 몰아낸 다크 메인은 여전히
로얄 드래곤에서 드래곤 요리사들이 요리한 드래곤 요
리를 먹고 있었다.

로얄 드래곤을 제외한 방콕의 여기저기는 고블린들의
자폭 폭탄들의 자폭으로 성한 곳이 없었다.

다크 메인은 파괴된 방콕의 전경을 감상하며 드래곤 요리를 먹었다.

"다크 메인 님. 잡아온 드래곤들이 모두 다 떨어졌습니다."

드래곤 요리사가 다크 메인에게 다가왔다.

"그럼 이만 림보로 돌아가도 좋다."

다크 메인은 마지막 남은 드래곤 요리를 먹으며 드래곤 요리사에게 돌아가라 명했다.

"저…… 고블린 영혼들은 어떻게 하실 생각이십니까? 이대로 다음 생으로 보내실 생각이십니까?"

"추악한 고블린들의 환생을 원치 않는다. 내 말 무슨 뜻인지 알고 있을 테지?"

다크 메인의 말에 드래곤 요리사는 좌우로 심하게 째진 입으로 웃으며 다크 메인에게 고개 숙여

"다음 계약을 기대하겠습니다."

인사를 하더니 로얄 드래곤 주방에 있는 모든 드래곤 요리사들을 데리고 현실세계와 악마세계의 중간 지점인 림보로 돌아가 버렸다.

"흐음으으으악!"

드래곤 요리사들을 림보로 돌려보낸 후 드래곤 요리

의 마지막 한 점까지 먹은 다크 메인은 폴리모프를 해제했다.

수십 마리의 드래곤을 먹어 치운 다크 메인의 등에서 이전과는 비교도 안 될 만큼 크고 잔혹스럽게 생긴 여섯 날개가 솟아났고 이전보다 훨씬 단단하고 거친 검은 비늘이 이전보다 훨씬 많이 돋아나며 다크 메인의 몸집이 불어났다.

"하하하하하하! 기다려라, 조라크! 네 아들 녀석의 목은 물론 네놈의 목까지 씹어 먹어 줄 테니까."

다크 메인이 폴리모프를 해제하자 드래곤 슬레이어들 역시 폴리모프를 해제하여 이전보다 훨씬 더 강력한 드래곤 슬레이어의 모습을 드러냈다.

"다크 메인 님. 한국 상공에 도착했습니다."

초소형 무전기로 문디람의 연락이 도착했다.

"우리들이 도착할 때까지 대기하라."

"알겠습니다."

다크 메인은 초소형 무전기로 문디람에게 명을 내리고는 무전기를 부숴 버리고 드래곤 슬레이어들을 이끌고 하늘로 날아올라 한국으로 향했다.

'이세린…… 조금만 기다리시오. 내 당신과 우리의

아들에게 세 개의 세계를 모두 줄 테니 더 이상 도망자
가 아니라 모든 세계를 다스리는 왕족으로써 모두를 다
스리며 살게 해 주겠소.'

다크 메인은 엄청난 속도로 한국으로 날아가며 한국
에 있는 아내와 아들을 생각했다.

❖   ❖   ❖

현재 공중 도시의 모든 고블린들은 문디람의 창날에
도륙당해 길거리 곳곳에 쓰러져 피를 쏟아 냈는데 그
피의 양이 실로 어마어마해서 고블린들의 피는 길거리
를 따라 강물처럼 흘러 공중 도시에서 폭포수처럼 아래
로 떨어져 내렸다.

공중 도시는 문디람의 조종에 따라 별들이 가까이서
보이는 최상공에 올라와 있는 상태였고 공중 도시에서
쏟아져 내리는 고블린들의 피는 지상으로 떨어지며 얼
어붙어 피우박이 되어 서울 가로수길에 내렸다.

가로수 길을 거닐던 사람들은 별이 보이는 맑은 저녁
쏟아져 내리는 피우박에 건물이나 차 속으로 몸을 피했다.

피우박이 땅에 떨어져 녹으면서 피비린내를 풍기자

가로수 길은 전쟁터에서나 볼 수 있을 법한 모습으로 변하자 사람들은 이 모습에 비명을 질러댔다.

공중 도시가 서울 가로수 길을 피로 물들여 뉴스 속보에 비명 소리로 가득한 붉은 가로수 길이 나올 때쯤 공중 도시에 다크 메인과 드래곤 슬레이어들이 당도했다.

"한국을 도와줄 주변 국가들을 모두 정리했으니 이제 판타지세계로 가는 통로를 얻을 차례구나!"

다크 메인은 스카이머신 주식회사의 66층 꼭대기에 올라 손에 잡힐 듯 작게 보이는 한국을 내려다보았다.

"아마 연합군 놈들이 우리들이 판타지세계를 오가는 것을 막으려 병영초등학교에 진을 쳤을 것이다. 공중 도시를 조각내어 운석비를 병영초등학교로 쏟아부어라! 연합군 놈들을 초토화시킬 것이다!"

다크 메인은 스카이머신 주식회사 빌딩에 박쥐처럼 매달린 드래곤 슬레이어들에게 명을 내렸고 다크 메인의 명을 받은 드래곤 슬레이어들은 공중 도시로 내려가 창지팡이로 공중 도시의 땅을 산산조각 내었다.

드래곤 슬레이어의 창지팡이에 산산조각 난 공중 도시의 길거리, 공장, 건물들이 아래로 떨어져 내렸다.

"조각난 공중 도시를 병영초등학교로 몰아라! 우리에게 대항하는 연합군 놈들을 유성비로 초토화시켜 버리자!"

다크 메인은 조각난 공중 도시 중 커다란 고블린 공장에 붙어 여섯 날개를 휘저어 추락하는 속도를 비정상적으로 높혔다.

다크 메인의 명에 드래곤 슬레이어들은 저마다 조각난 공중 도시의 일부 중 하나에 붙어 추락 속도를 높혔다.

드래곤 슬레이어의 날갯짓에 조각난 공중 도시의 곳곳은 엄청난 가속도가 붙어 그것이 길거리든 공장이든 건물이든 열기에 녹아 하나의 거대한 공처럼 뭉쳐져 정말 운석이 되어 버렸다.

드래곤 슬레이어들은 정말 운석이 되어 버린 조각난 공중 도시의 부분들을 더욱 힘찬 날갯짓으로 몰아 병영으로 향했다.

병영이 눈으로 보일 쯤 드래곤 슬레이어들은 무시무시한 속도로 내리꽂히고 있는 운석들에서 떨어져 상공에서 곧 유성비에 초토화될 병영을 내려다보았다.

"하늘에서 유성비가 떨어진다! 유성비가 떨어진다!"

정찰을 마치고 드래곤스로 귀환하는 길에 정말 무수히 많은 양의 운석들이 하늘에서 떨어져 내리자 죽을힘을 다해 드래곤스로 날아들어 연합군에게 이 사실을 알렸다.

"또 뒤통수를 맞다니!"

용탄자는 서둘러 데쓰무쓰를 타고 밖으로 나와 고개를 들었는데 하늘에서는 그야말로 유성들이 하늘에 가득했다.

"딕스해머! 당장 드래곤스에 설치한 캐논을 가동시키세요! 얼른!"

엘바트론은 드래곤스를 개조한 딕스해머에게 소리쳤고 딕스해머는 당장 드워프 기술자들과 드래곤스의 도서관인 드래곤스 등뼈를 따라 설치된 캐논포탑으로 향했다.

"당장 드래곤스로 돌진해 오는 유성들을 모두 파괴해라! 어서!"

딕스해머는 중앙 캐논포탑에 앉아 쏟아져 내려오는 유성을 조준하며 다른 캐논포탑들에게 연락을 취했다.

뻥! 뻥! 뻥!

드래곤스 등뼈를 따라 설치된 캐논포탑들이 불을 뿜

었고 하늘에서 떨어져 내리던 유성들이 포탄에 맞아 산산조각 나 병영 주변에 흩어지며 불을 질렀다.

뻥! 뻥! 뻥! 뻥!

삽시간에 병영 일대는 불바다가 되어 버렸다.

"드래곤 나이트들은 지금 당장 출격한다!"

엘바트론은 그렁키의 등에 올라 자신에게 배정된 드워프, 우드엘프 사수들을 그렁키 등에 올리며 소리쳤고 폰테인 기사단은 사령관의 명을 따라 이륙을 준비했다.

"탄자야! 유성비는 내가 어떻게든 해서 드래곤스를 지킬 테니까 너는 우리들이 유성들을 깨부수는 동안 드래곤 슬레이어들을 좀 맡아 줘!"

"걱정 마라!"

"드래곤 나이트들은 지금 나와 함께 상공으로 올라가 이곳으로 떨어져 내리는 유성들을 모조리 깨부순다!"

엘바트론은 기사단을 이끌고 떨어져 내리는 유성들을 향해 돌진했다.

"용아족 형제들이여! 타락한 일족들이 죽으러 이곳까지 제 발로 찾아왔다! 저들을 죽여라!"

용탄자는 용아족 부족을 이끌고 병영 상공에서 유유히 지켜보고 있는 드래곤 슬레이어에게로 돌진했다.

"감히! 나의 아버지의 무구를 입고 나를 대적할 생각을 하다니! 조라크, 네놈이 죽고 싶어 환장을 한 모양이구나!"

다크 메인은 용리얀의 검은 갑옷과 비행 코트를 입고 용아족을 이끌어 돌격해 오는 용탄자를 조라크로 오해했다.

용아족 섬에서 도망 나오기 직전에 용리얀이 조라크의 붉은 검기에 쓰러지는 것을 어린 나이에 목격한 다크 메인이니 오해할 만도 했다.

"으아아아아아!"

다크 메인은 곧장 아들의 가슴에 비수를 꼽기 위해 용탄자에게로 돌진했고 용탄자 역시 아버지의 목숨을 거두기 위해 다크 메인에게로 돌진했다.

"죽어라! 폭군 놈아!"

까아아앙!

용탄자의 다섯목소리와 다크 메인의 창지팡이가 부딪히며 불똥을 토해 냈다.

용탄자는 온 힘을 다해 다크 메인의 창지팡이를 밀어 냈지만 다크 메인의 완력에 점점 뒤로 밀렸고 데쓰무쓰까지도 뒤로 밀렸다.

"흐압!"

다크 메인은 다섯목소리를 힘껏 밀어 버리고 용탄자의 목을 향해 창지팡이를 휘둘렀다.

"으악!"

용탄자는 허리를 뒤로 젖혀 무시무시한 속도로 날아드는 창지팡이를 피했고 질세라 허리를 다시 들며 다섯목소리를 다크 메인의 목을 향해 내질렀다.

용탄자의 목을 움켜쥐려 다가오던 다크 메인은 용탄자가 휘두르는 다섯목소리를 피해 뒤로 물러설 수밖에 없었다.

번쩍!

용탄자는 허리를 다시 세우며 다섯목소리를 휘둘러 다크 메인이 뒤로 물러서자마자 창지팡이를 빙글 돌려 지팡이 보석을 다크 메인에게 겨눈 후 검은 번개를 날렸다.

다크 메인은 날아오는 번개를 역시 창지팡이로 번개를 뻗어 막아 냈다.

"내 아버지의 무구를 입고 내 아버지처럼 창지팡이를 휘두른다고해서 조라크 네놈이 용아족의 진정한 왕일 수는 없다."

"뭔 개소리고?"

"봐라! 네놈이 우리 붉은 눈 일족을 용아족 섬에서 도살한 복수를 하고 있는 우리 붉은 눈 일족이 보이나?"

다크 메인은 양팔을 펼쳐 용탄자에게 주변을 보라 소리쳤다.

용탄자는 다섯목소리를 듣고 경계하면서 주변 상공을 살폈는데 정말 처참했다.

용아족 전사들이 드래곤 슬레이어들에게 일방적으로 학살당하고 있었다.

"죽더라도 네놈의 전사들이 죽는 것은 보고 죽어야지. 조라크."

다크 메인은 용탄자의 일그러진 얼굴을 보고 만족스럽게 미소 짓더니

"이제 놀아 주는 것은 끝이다! 내 아버지를 죽인 죗값을 받아라. 조라크!"

다크 메인은 순간 이동을 하듯 순식간에 사라져 용탄자의 뒤에서 나타나 창지팡이를 그의 등을 향해 휘둘렀다.

용탄자는 뒤에서 느껴지는 살기에 얼른 몸을 오른쪽

으로 틀어 등으로 날아드는 다크 메인의 창지팡이를 피했지만 몸을 너무 트는 바람에 데쓰무쓰 목에 목걸이처럼 대롱대롱 매달리게 되었다.

"하하하하하! 꼴이 말이 아니구나!"

다크 메인은 용탄자를 손가락질하며 미친듯이 웃어댔다.

용탄자는 다크 메인이 실성한 듯이 웃는 틈에 데쓰무쓰의 등으로 다시 올라 다크 메인에게 다섯목소리를 휘둘렀는데 다크 메인은 잔상을 남긴 채 어디론가 사라진 후였다.

순간 사라진 다크 메인은 용탄자 앞으로 나타나 그의 가슴을 베어 버리고 다시 순간 사라져 오른쪽에서 나타나 그의 팔을 베어 버리고 또 사라졌다.

"으악!"

다크 메인은 순식간에 용탄자의 어딘가를 베어 버리고 다른 방향에서 나타났다.

마치 일곱 명의 다크 메인이 용탄자를 둘러싸고 그를 베어 버리고 있는 듯했다.

용탄자의 검은 갑옷과 비행 코트는 다크 메인의 창지팡이에 너덜너덜해졌고 용탄자의 몸에서 흘러내리는 피에 붉어졌다.

"탄자야!"

데쓰무쓰는 등에서 용탄자의 비명 소리가 들리자 혼자의 힘으로 360도 회전비행을 하여 다크 메인과 용탄자를 동시에 자신의 등에서 떨어트렸다.

그리고 떨어지는 용탄자를 앞발로 잡아 다시 자신의 등에 올렸다.

"허억…… 허억…… 허억……!"

용탄자는 가쁜 숨을 몰아쉬며

"내 할아버지의 무구가…… 할아버지 정말 죄송합니다."

잘리고 깨지고 박살이 난 용리얀의 무구를 벗어 던졌다.

"잘 가라……."

다크 메인은 어느새 용탄자의 뒤에서 다시 나타나 그에게 작별의 인사를 고했다.

순간 용탄자는 지난 삶이 주마등처럼 지나가는 죽음의 찰나를 경험했다.

"크라아아아아아시!"

하지만 다행히 유성비에서 드래곤스를 구한 엘바트론

이 용탄자를 구하러 달려와 줘서 용탄자는 목숨을 구할 수 있었다.

드래곤 슬레이어들에게 학살당하고 있는 용아족 전사들 역시 폰테인 기사단의 지원사격을 받으며 드래곤 슬레이어에게 이제 대항을 할 수 있게 되었다.

"폰테인 기사단! 네놈들은 드래곤 나이트의 자격이 없다! 엘비스는 암흑기를 끝내고자 너희들을 드래곤 나이트로 만들었건만 고작 폭군 따위를 돕고 있다니!"

엘바트론은 다크 메인을 향해 어마어마한 화염 브레스를 날렸다.

"싸그리 죽여 주마!"

다크 메인은 창지팡이를 휘둘러 화염 브레스의 방향을 반대로 바꿔 엘바트론에게 돌려주었다.

"이런!"

엘바트론은 황급히 그렁키를 몰아 자신에게 날아오는 화염 브레스를 피했다.

화염 브레스를 주인에게 돌려보낸 다크 메인은 창지팡이를 던졌는데 다크 메인의 손아귀에서 벗어난 그의 창지팡이가 눈을 떴다!

"저기 보이는 저 두 녀석들을 죽여 피를 마셔라!"

다크 메인의 창지팡이는 악마가 씌워진 마창이었다!

창지팡이는 곧장 엘바트론의 피를 마시기 위해 엘바트론에게 날아갔고 엘바트론은 쏘아진 화살보다 빠른 속도로 날아오는 마창을 피해 그렁키를 몰았지만 마창은 점점 속도를 빨리하며 엘바트론과 그렁키를 쫓았다.

"잠깐 기다려라!"

용탄자는 데쓰무쓰를 몰아 엘바트론을 쫓고 있는 마창을 쫓으려 했지만 다크 메인이 앞을 막아섰다.

"네게 줄 선물은 따로 있다. 조라크……."

"아까부터 뭔 개소리고? 난 조라크가 아니라 용……."

"너야말로 살기 위해 개소리 지껄이지 마라!"

다크 메인은 손을 용탄자를 향해 뻗어 검은 마력을 모았는데 그 마력은 다크 메인의 뻗은 손에 뭉쳐지는 것이 아니라 용탄자에게 뭉쳐지기 시작했다!

"이런!"

용탄자는 다크 메인의 강력한 마력이 자신의 몸에 들러붙어 뭉쳐지기 시작하자 데쓰무쓰를 몰아 초고속 비행을 하며 다크 메인의 검은 마력을 떼어내려 했지만 떼어지기는 커녕 오히려 더 많은 검은 마력이 뭉쳐지기 시작했다.

"이판사판이다!"

용탄자는 자신의 검은 마력 역시 방출하여 자신의 몸에 뭉쳐지게 만들었다.

펑!

다크 메인은 용탄자의 몸이 검은 마력에 완벽히 검게 변했을 때 마력을 폭발시켰다.

"커헉!"

용탄자는 다크 메인의 검은 마력이 몸에서 폭발하자 그 충격에 피를 토했다.

하지만 다행히도 용탄자 본인이 방출시킨 검은 마력이 보호막 효과를 해 준 덕에 죽지는 않을 수 있었다.

"ㅇㅇㅇㅇ으윽!"

하지만 다크 메인의 검은 마력의 힘이 얼마나 대단한지 곳곳에 깊은 화상 자국이 남아 버렸다.

용탄자는 곧장 엘바트론을 쫓고 있는 마창으로 데쓰무쓰를 몰았다.

"데쓰무쓰, 잠깐 동안만 혼자 비행할 수 있제?"

"그럼!"

마창이 바로 아래에 내려다 보일 만큼 쫓아온 용탄자는 데쓰무쓰의 대답 소리가 들림과 동시에 다섯목소리를 입에 물고는 아래로 뛰어내려 마창을 잡았다.

치이이이이익!

마창은 용탄자가 자신의 창대를 잡아 버리자 시뻘겋게 달아오르며 뿌리치려 했다.

"으아아아아아~"

용탄자는 마창을 잡은 양팔에 검은 마력을 집중시켰고 검은 마력이 집중된 용탄자의 양팔은 검게 물들어 근육이 팽창하여 마치 검은 악마의 손처럼 변했다.

검은 마력으로 어마어마한 완력을 양팔로 휘두를 수 있게 된 용탄자는 마창을 움켜잡고 부러트려 버렸다.

끼우우우우우우욱!

용탄자를 매달고서 엘바트론에게로 날아가던 마창은 용탄자의 완력에 두 동강이나 비명을 지르며 아래로 떨어졌고 함께 떨어지는 용탄자를 데쓰무쓰가 날아가 등에 태우고 고도를 높였다.

"퉤!"

용탄자는 입에 문 다섯목소리를 다시 꼬나 들고 마창이 아래로 떨어져 내리는 것을 확인하고 멈춰 선 엘바트론과 함께 다크 메인에게로 돌진했다.

"하하하하! 창지팡이 하나 부쉈다고 해서 나를 이겼

다고 생각하지는 마라!"

다크 메인은 돌격해 오는 용탄자와 엘바트론을 비웃더니 양팔을 하늘 높이 들었는데 다크 메인의 머리 위로 수천 개의 창지팡이들이 소환되었다.

"하하하하하하!"

다크 메인이 높이 들었던 양팔을 아래로 내리자 소환된 수천 개의 창지팡이들이 소나기처럼 내리며 연합군들을 꿰뚫어 버리기 시작했다.

"이런 젠장!"

용탄자와 엘바트론은 다크 메인에게 반격도 가해 보지도 못하고 데쓰무쓰와 그렁키를 몰아 곡예비행을 펼치며 창지팡이 억수비를 피해야만 했다.

창지팡이 억수비는 아주 교묘하게도 드래곤 슬레이어들을 빗겨 나가 연합군들만 꿰뚫어 버리고 아래로 떨어졌다.

창지팡이 억수비가 지나간 뒤 하늘에 떠 있는 연합군의 수는 현저히 줄어들어 있었고 드래곤 슬레이어들의 수는 여전히 똑같았다.

"타락한 붉은 눈 일족 놈들아! 너희들은 폭군과 다를 바 없는 형제살인마들이구나!"

어느 정도 몸의 회복을 마친 메켄타스가 나머지 네 드래곤 장로를 이끌고 드래곤스를 나와 드래곤스 주변과 병영 일대에 널린 용아족 아들딸들의 시신들을 보고 격분하여 하늘을 떨게 하는 목소리로 소리쳤다.

"형제들이여! 타락한 나의 아들딸들을 나와 함께 죽여 남아 있는 용아족들을 구원하자."

메켄타스가 손에 든 창지팡이를 들어 올리자 드래곤스 주변에 죽은 용아족들과 내리꽂힌 소환된 창지팡이들이 떠올랐고 나머지 네 드래곤 장로가 손에 든 창지팡이를 들어 올리자 병영 일대의 모든 창지팡이들이 떠올랐다.

다섯 드래곤 장로는 손에 든 창지팡이를 높이 들고 주문을 외우기 시작했는데 공중으로 떠오른 수천 개의 창지팡이들이 벌겋게 가열되기 시작하더니 점점 주입되는 마력에 하얗게 달아올라 진동하다 공명하기 시작했다.

잠시 후 다섯 드래곤 장로의 주문이 완성되었을 때 다크 메인이 소환해 아래로 내리꽂은 수천 개의 창지팡이는 빛을 압축시켜 만든 창처럼 발광했다.

"아비된 자로써 너희들의 목숨을 거둬 너희들의 타락

을 멈춰야겠다. 그러니…… 죽어라!"

메켄타스가 창지팡이를 들고 있지 않은 손으로 드래곤 슬레이어들을 가리키자 수천 개의 빛의 창들이 땅으로 내리꽂히듯 튀어 올라 빛의 선을 그리며 드래곤 슬레이어들에게로 날아갔다.

빛의 창들은 빛의 속도로 드래곤 슬레이어들의 몸을 꿰어 버리고는 주입된 강력한 마력과 속도에 마모되어 사라져 버렸다.

후두두두둑! 후후후후둑!

수천 개의 빛의 창들이 높은 상공 위에서 마모되어 사라졌을 때 그 빛의 창에 관통당해 몸에 커다란 구멍 여러 개가 난 드래곤 슬레이어들 거의 대부분이 추락하여 떨어졌다.

"너희들 쯤은 나 혼자서도 충분히 죽일 수 있다!"

다크 메인이 드래곤 슬레이어들이 추락하는 것을 지켜보며 미쳐 날뛰기 시작했다.

그는 가진 모든 검은 마력을 여섯 날개에 집중시켰다.

다크 메인의 강력한 검은 마력의 힘을 온전히 받은 그의 여섯 날개는 하늘을 가려 버릴 듯이 커졌고 그리고 그는 사라져 버렸다.

"크어어어어억!"

사라짐과 동시에 다크 메인은 드래곤 슬레이어들의 추락에 환호성을 지르는 드래곤 나이트의 등 뒤에서 나타나 손으로 몸을 꿰뚫어 버렸는데 드래곤 나이트의 왼쪽 가슴을 뚫고 나온 다크 메인의 검은 손아귀에 아직 뛰고 있는 심장이 들려 있었다.

다크 메인은 손아귀에 들려 있는 심장을 과일즙 짜듯이 쥐어짜 심장에서 나오는 싱싱한 피로 손아귀를 붉게 물들인 뒤 던져 버리고는 또 사라졌고 동시에 다른 드래곤 나이트의 등에서 나타나 심장을 뜯어냈다.

다크 메인의 타의 추종을 불허하는 속도에 폰테인 기사단은 속수무책일 수밖에 없었고 다크 메인의 손아귀는 드래곤 나이트들의 싱싱한 피가 마르지 않고 흘러내렸다.

순식간에 심장을 빼앗긴 드래곤 나이트들 수십 명이 아래로 추락했고 계속해서 추락하고 있었다.

"이런 도대체 따라잡을 수가 없어!"

엘바트론은 브레스를 뿜을 찰나의 시간도 허락하지 않는 다크 메인의 속도에 드래곤 나이트들의 추락을 눈 뜨고 지켜볼 수밖에 없음을 분해했다.

엘바트론은 자신의 등 뒤에 다크 메인이 오게 만들기 위해 다크 메인이 순간 나타났다 사라지는 곳을 쫓았고 잠시 후 엘바트론은 등꼴이 오싹해짐을 느껴 순감 숨을 들이킴과 동시에 뒤로 돌았다.

"엘바트론!"

용탄자는 멀리서 엘바트론과 다크 메인의 찰나의 대결을 목격했다.

용탄자는 엘바트론의 브레스가 다크 메인을 먼저 강타하기를 빌었지만 다크 메인의 시뻘건 손아귀가 먼저 엘바트론의 왼쪽 가슴을 향해 다가갔다.

"으아아아아아악!"

용탄자는 엘바트론을 죽음에서 구하기 위해 손을 뻗었는데 왕의 손이 발현되어 다크 메인 뒤에서 커다란 검은 손이 나타나 다크 메인을 옴짝달싹 못하게 잡아버렸다.

"으아아악!"

다크 메인은 엘바트론의 심장을 뜯어내려는 순간에 자신을 사로잡은 커다란 검은 손에서 벗어나기 위해 안간힘을 썼지만 벗어날 수가 없었다.

"죽어라!"

용탄자가 나머지 손을 뻗자 커다란 검은 손 하나가 더 나타나 다크 메인의 여섯 날개를 뜯어내 버렸다.

"으아아아아아악!"

오직 용아족 왕만이 쓸 수 있다는 왕의 손에 여섯 날개를 잃은 다크 메인은 손이 사라지자마자 그렁키의 등을 밟고 도약하여 데쓰무쓰의 등에 착지함과 동시에 용탄자의 목을 움켜잡았다.

"네놈은…… 네놈은 도대체 누구냐?"

다크 메인은 왕의 손에 여섯 날개를 잃은 다음에야 용아족을 이끌고 자신에게 대항하는 자가 조라크가 아님을 알게 되어 용탄자의 얼굴을 뚫어지게 살폈다.

"붉은 눈?"

다크 메인은 용탄자의 얼굴을 자세히 살피다 용탄자의 눈과 자신을 닮은 이목구비를 확인하고는 충격에 빠져 버렸다.

"흐아아악!"

용탄자는 다크 메인이 주춤하는 사이 다섯목소리로 자신의 목을 움켜잡은 다크 메인의 손을 잘라 버리고는 들이받아 함께 아래로 추락했다.

"탄자야!"

데쓰무쓰는 떨어진 용탄자를 구하려 수직비행을 했지만, 용탄자는 다크 메인과 뒤엉켜 있는 지금 다크 메인과 함께 데쓰무쓰의 등에 오른다면 다크 메인이 데쓰무쓰에게 해를 입힐 것을 걱정하여 데쓰무쓰를 강제 폴리모프시켜 버리고는 다크 메인과 함께 계속해서 아래로 추락했다.

쿠구구구궁!

용탄자와 데쓰무쓰는 아래로 추락하여 우주빌라 b동에 떨어졌다.

4층, 3층을 뚫고 내려가 201호에 나동그라진 다크 메인은 뒤엉킨 용탄자를 발로 차 떼어내고는 비틀비틀 겨우 일어나 주변을 살피다 거울에 비친 자신의 모습을 보았다.

아니, 거울에 비친 다른 사람을 보았다.

다크 메인은 이곳에서 이세린과 사랑을 나누며 행복해던 시절로 되돌아가기 위해 부던히 노력하는 남자가 거울에 비칠 줄 알았건만 거울에 비친 남자는 욕망과 야심에 타락한 왕자였다.

"하아…… 하아…… 하아……."

다크 메인이 거울에 비친 자신을 낯설어하는 사이 용

탄자가 다섯목소리를 짚고 일어섰고 다크 메인은 뒤돌아 일어선 용탄자를 바라보았다.

"으아아아아아악!"

그리고 용탄자가 내지르는 다섯목소리의 창날에 심장을 내주었다.

"푸학!"

서슬 퍼런 날이 심장을 파고들자 다크 메인은 피를 토해 냈다.

"왕좌를 도둑질한 폭군이 아니라 왕좌를 되찾은 왕자가 타락한 왕자를 죽이러 왔었던 거로구나……."

다크 메인의 생명이 점점 꺼짐에 따라 그를 감싸고 있던 드래곤 슬레이어의 힘이 연기가 되어 사라져 용아린 본인의 모습으로 돌아와 아들을 보면서 웃음 지었다.

"아, 아버지?"

용탄자는 드래곤 슬레이어의 형태가 사라진 용아린의 본모습에서 자신과 너무나도 닮은 남자를 보고는 자기도 모르는 사이 물었다.

"난 너의 아버지가 아니다! 단지 힘에 대한 갈망에 타락의 길을 걸은 타락한 왕자일 뿐……."

용탄자는 용아린의 왼쪽 가슴에 꽂혀 있는 다섯목소리를 빼려 했지만 용아린은 남은 한 손으로 다섯목소리를 잡고 심장 깊숙이 찔러 넣으며 피를 토했다.

다섯목소리가 심장을 완전히 관통했음을 느낀 용아린은 그제야 창을 빼내어 용탄자에게 주며

"폐하……. 그대의 어머니에게 용아린이라는 사내의 죽음을 모르게 해 주실 수 있겠습니까?"

용탄자는 그 말에 다크 메인이었던 앞에 있는 용아린이 아버지임을 알고 피눈물을 흘렸다.

"이세린에게 용아린이라는 사내는 그냥…… 멀리 멀리 떠났다 해 주십시오."

용탄자는 눈물을 떨구며 고개를 끄덕였다.

용탄자의 끄덕임을 본 용아린은 아내와 함께 앉아 TV를 보았던 쇼파에 앉아 곧 멈출 숨을 위태롭게 쉬었다.

"엘비스가 그랬었지. 나는 다른 사람들이 가지고 있지 않은 것들을 가지고 있지만 정작 모든 사람들이 가지고 있는 것이 없다고 말이야. 그 말이 이제야 이해가 되는구만……."

용아린은 혼잣말을 중얼거리더니 허탈한 듯 웃었다.

그리고 용탄자를 쳐다보며 무슨 말을 하려다 고개를 떨궜다.

용탄자는 드래곤 슬레이어의 우두머리를 죽이고 전쟁을 끝냈지만 웃을 수가 없었다.

"……."

타락한 왕자 용아린이 왕좌에 앉은 왕자인 아들 용탄자에게 마지막에 하려 했던 말은 도대체 무엇이었을까?

〈『드래곤 라이더』 完〉

에필로그

드래곤 라이더가 투명 마법을 쓰지도 않은 채 현실세계에서 모습을 그대로 드러내 놓고 드래곤을 몰아 어딘가로 향했다.

　하늘을 날아가는 드래곤과 드래곤 라이더, 분명 현실세계의 사람들이 보면 경악할 만한 광경이지만 현실세계의 사람들은 이 광경이 익숙한지 보고도 그냥 비행기가 날아가는 하늘을 본 것마냥 아무렇지 않게 하던 것을 했다.

　드래곤 라이더는 어느 한 아파트 앞에 착륙하여 드래

곤 전용이라고 적힌 주차장에 드래곤을 세워 두고 가방 속에 편지를 꺼내 편지에 적힌 주소를 따라 엘리베이터를 타고 올라갔다.

딩동! 딩동! 딩동!

편지에 적힌 주소의 집 초인종을 누르자 17쯤 되어 보이는 남자아이가 문을 열고 나왔다.

"누구세요?"

"편지 배달 왔습니다."

드래곤 라이더는 남자아이에게 편지를 전해 주고 아파트를 나와 드래곤 전용 주차장에 세워 둔 드래곤을 타고 왔던 곳으로 되돌아갔다.

드래곤 라이더에게 편지를 받아 들고 집안으로 들어와 편지를 아무렇지 않게 던져 두고 보던 TV프로그램을 계속 보려는데 베란다 창문 너머로 드래곤이 날아가는 모습에 남자아이는 스프링처럼 쇼파에서 일어나 멀찍이 던져 놓은 편지 봉투를 흥분해 부들부들 떨리는 손으로 뜯어 편지를 펼쳤다.

그 편지에는 이렇게 적혀 있었다.

드래곤스 입학 통지서

TV를 보려다 드래곤이 날아가는 하늘을 보고 헐레벌 떡 편지를 읽고 있는 귀하께서는 2016년 1월 11일자로 드래곤스에 입학하게 되었음을 알려드립니다.

본교는 드래곤 슬레이어들과의 전쟁에서 승리한 연합군 소속의 전사들이 대거 선생님으로 근무 중일 뿐만 아니라 용아족의 왕 용탄자, 퐁테인 기사단의 사령관 엘바트론 두 영웅이 교장 선생님으로 계시는 아주아주 어메이징한 학교이니, 입학을 거절하면 아마 용탄자 교장 선생님께서 친히 방문할 예정이니 후회 없는 선택을 하시길……

일시:2016년 2월 28일
장소:드래곤스
＊현실세계에 사는 귀하께서는 판타지세계로 여행을 떠나는 관광객들로 북새통인 병영으로 오시면 됩니다.

지참해야 될 것들.
신입생의 경우 개인 장비 지참을 금지함으로 몸만 오면 됩니다.

1학년을 마칠 때까지 드래곤스에서 지급하는 장비만 사용 가능하니 이점 유의해 주세요. 드래곤스로 오시는 길에 드워프&노음의 무쇠와 기계 조합 거리에서 이상한 물건들을(드래곤 라이더 장비는 물론 방귀 폭탄, 낄낄 의자, 홀로그램 안경, 복제 로봇 등등) 가져왔다가 걸리면 엘바트론 교장 선생님께서 직접 제조한 오소콧 물맛 구토제를 먹게 될 테니 각오하시길.

*용아족반과 폰테인반 중 원하는 반이 있다고 꼭 그 반으로 들어간다는 보장이 없음을 미리 알려드립니다. (땡깡 방지용)